趣味學古文

唐代篇

馬星原 圖　方舒眉 文

商務印書館

趣味學古文（唐代篇）

作　　者：馬星原　方舒眉

漫畫設色：袁佳俊

責任編輯：鄒淑樺

封面設計：丁　意

出　　版：商務印書館 (香港) 有限公司
　　　　　香港筲箕灣耀興道 3 號東匯廣場 8 樓
　　　　　http://www.commercialpress.com.hk

發　　行：香港聯合書刊物流有限公司
　　　　　香港新界荃灣德士古道 220-248 號荃灣工業中心 16 樓

印　　刷：中華商務彩色印刷有限公司
　　　　　香港新界大埔汀麗路 36 號中華商務印刷大廈 14 字樓

版　　次：2023 年 12 月第 1 版第 3 次印刷

目　錄

泛舟浩瀚書海　承傳古文之美

　　導讀之書，不求鞭辟入裏之理論闡發，不務廣大精微之學問追求。旨在以能如嚮導，透過交通工具，帶引有志於旅遊學問名勝之愛讀書人，登山臨水，尋幽探勝；漫步書山大路，泛舟浩瀚書海，無跋涉長途之苦，而有賞覽風光美景之樂。

　　馬星原與方舒眉伉儷合作編著之《趣味學古文‧唐代篇》，所選之文章皆唐代詩文名篇；書中導讀文字，着重深入淺出，寓文意於鮮明有趣插圖中，內容有如文章嚮導，引領讀者悠然徜徉其中，而自得其樂。

　　馬方伉儷在推廣中國歷史與文學知識方面，一向致力於「文字與插圖並重」方式，引導愛讀書年青人，寓讀書於娛樂，啟發年青人喜愛中國歷史與文學，進而作更深入追求，情誠用心，不懈努力，精神可嘉，故樂為之序。

　　　　　　　　　　　　　　　　　　　葉玉樹　謹誌
　　　　　　　　　　前聖方濟中學中文科老師及訓導主任
　　　　　　　　　　　　　二零一七年三月八日清晨

我國文學瑰麗無比　古人智慧趣味傳承

　　在我的求學年代，小學已須讀古文。那時我和我的「同學仔」分成兩派，一派是怨聲載道，一派甘之如飴。而我屬於後者。

　　小時候不大懂得古文中的甚麼微言大義，只覺得古文音韻鏗鏘，用詞典雅，背起來也不覺困難。「怨聲載道」的一派當然不認同，只覺得古文讀來詰屈聲牙，用字又冷僻艱深，對其中文義不知所云！

　　中學時有幸遇上一位好老師，他就是今次為我寫序，廣受同學愛戴的葉玉樹老師。

　　葉老師教古文時，除了詳細解釋本文之外，更有很多典故趣事穿插其中，教書時又七情上面，手之舞之，足之蹈之，聽他講課，實在興味盎然。

　　到了大學時，因唸新聞系緣故，必須常常執筆寫文章，方知道多讀古文的好處，領悟到：若覺得古文枯燥，應不是古文本身，而是教的方法未能靈活變通引導。

　　有感於時下年青一代多視讀古文為畏途，故此嘗試以漫畫加導讀形式，讓學子可藉看圖知文意輕鬆學習。

　　環顧世界，並非每個國家，每個民族都有「古文」可供學習，身為中國人，慶幸傳承下來的文學瑰麗多姿，而古人智慧蘊藉宏富，大有勝於今人者，不好好學習，是莫大的損失。以古文導讀拋磚引玉，望能引起年青人讀古文興趣，盼識者不吝指正。

方舒眉

1
送杜少府之任蜀州

王　勃

　　王勃，字子安，絳州龍門（今山西河津）人，被尊為「初唐四傑」之一。他的創作風格清新流麗，反對六朝浮奢詩風，特別抨擊當時流行的「上官體」。

　　此詩是一首抒寫離情別意詩。作者一位杜姓友人要前往蜀州任官，想到二人情誼，故寫下此詩。有別於一般離別詩的悲傷情調，全詩意氣豪邁、氣勢昂揚。

　　全詩起首「城闕」二句即顯示出氣象宏大的一面，塑造了一個寥廓的形象背景。第二句寫朋友客遊之處，既借「風煙」之「望五津」帶出友人旅途之遙遠。第三、四句指出王勃本人和杜姓友人皆因做官而客遊在外，處境相同。第五、六句「海內存知己，天涯若比鄰」，如今已是世人所共知的名句，強調兩人的友情即使分隔兩地，相去如天涯海角般遙遠，只要是心意相通情誼永在，亦與比鄰而居毫無分別，不會因時空的變化而有所改變。

　　詩中最後兩句，「歧路」二字的含義豐富，既可單純地指兩人離別之地，又可視為強調二人需要面對的艱辛困境。特別強調他們不要如少年男女般因離別不捨而落淚，含有正面樂觀對待逆境之意。

　　全詩對仗工整、韻律諧協、語意連貫，充滿正能量的曠達情懷使這首離別詩更顯出色。

送杜少府之任蜀州

城闕輔三秦,
風煙望五津。
與君離別意,
同是宦遊人。

三秦之地拱衛着長安城,風煙裏望不到岷江的五個渡口。

互道與君離別心情,我們都是離鄉別井在宦海裏奔波的人。

送杜少府之任蜀州

海內存知己，
天涯若比鄰。
無為在歧路，
兒女共沾巾。

四海之內能有一位你這樣
的好朋友，縱使遠隔天涯
也如居住在近鄰。

請不要在分手的岔
路上，像那小兒女
般淚落沾衣啊！

「杜少府」

不詳其名。唐人稱縣尉（縣令副職）為少府，據《唐六典・三府都護州縣官吏》記載，縣尉職責是「親理庶務，分判眾曹，割斷追催，收率課調」。總括而言，縣尉是縣的副長官，其職能主要是輔佐長官（縣令）行政、司法捕盜、審理案件、判決文書、徵收賦稅等。

「輔三秦」

輔：以……為輔。項羽滅秦以後，將秦地分為雍、塞、翟三國，封原秦朝三位降將為王。封章邯為雍王，司馬欣為塞王，董翳為翟王，分掌關中的西部、東部、北部。後來「三秦」成為地理名詞，可見於《晉書》、《北史》等，泛指關中地區。

「五津」

長江流經蜀中，行進岷江。岷江是長江上游左岸一級支流，四川岷江古有白華津、萬里津、江首津、涉頭津、江南津五個著名渡口，合稱五津。文中的「五津」代指蜀中，即杜少府前去的地方。

2
滕 王 閣 序

王　勃

唐高宗上元二年九月九日重陽節那天，王勃孑然一身，千里迢迢南下探望父親的途中，路經江西南昌縣（時稱「洪州府」，文中的「洪都」是「洪州府」都城的意思），適逢洪都都督閻伯嶼為滕王閣重修畢，於重陽佳節在閣上大宴賓客以示慶祝。

宴會時邀請賓客來寫序。事前，閻都督為誇耀女婿文才預寫序文，眾人知其心意都推辭，唯獨王勃慨然答允，即席成文。可幸閻都督誦讀閱覽過，也驚為天才傑作而大喜。

滕王閣因唐高祖幼子滕王李元嬰所建，落成之日，適被封為「滕王」因以為名。年輕才子王勃面對滕王閣之美景，由雄偉的地勢、珍異的物產、傑出的人才以及尊貴的賓客興起人生感慨，感歎個人時運不濟，命途多舛，使他這位三尺微命的一介書生無路請纓。同樣地，滕王閣也因這位驚世才子的序文而千古名揚。

王勃為隋末大文豪王道之孫，六歲能文，未冠已及第（古時男子二十歲束髮戴冠行成年禮），授朝散郎，後補虢州參軍。與楊炯、盧照鄰、駱賓王並稱初唐四傑。他不僅工詩，亦為唐代駢文泰斗。駢文起源於漢魏，以偶句為主，講究對仗和聲律。唐代以來，有以四字六字相間定句者，被稱「四六駢文」，而〈滕王閣序〉堪稱駢文的顛峰之作。

本文原題為《秋日登洪府滕王閣餞別序》，全文運思謀篇，緊扣主題，敘述層次井然，脈絡清晰，由地及人，由人及景，由景及情，盡皆絲絲入扣。全篇用典多達 59 個，來源出處眾多，都用得恰當貼切，

益顯文章厚實典雅，委婉曲折，也情真意切。「馮唐易老，李廣難封」，「屈賈誼於長沙，竄梁鴻於海曲」，這四個典故連用，隱喻一己命運坎坷，但無論處境如何困厄，不墜青雲之志。

　　天才淪落，迷惘落魄，又是何等的悲涼。最後他以「慕宗慤之長風」暗喻自己有乘長風破萬里浪的雄心壯志作結。

南昌故郡，洪都新府，星分翼軫，地接衡廬，襟三江而帶五湖，控蠻荊而引甌越。

滕王閣所在地是漢代豫章故郡，如今的洪州都督府，天上屬於翼、軫星宿分野處，地面上與衡山和廬山相連接。

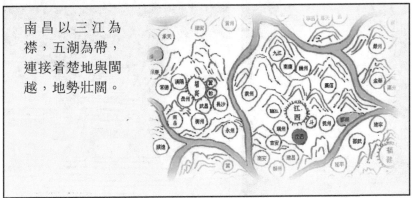

南昌以三江為襟，五湖為帶，連接着楚地與閩越，地勢壯闊。

物華天寶，龍光射牛斗之墟；人傑地靈，徐孺下陳蕃之榻。雄州霧列，俊彩星馳，

物產豐饒，乃上天珍寶，

寶劍龍光，直衝牛、斗二星。

人傑地靈，太守陳蕃曾設置臥榻款待名士徐孺。

雄偉的州城在雲霧中聳立，傑出之人才如流星飛馳往來。

台隍枕夷夏之交，賓
主盡東南之美。都督
閻公之雅望，棨戟遙
臨；

城池位於夷（荊州）、夏（揚州）
交界，賓主都是東南地區的精英。

享有崇高聲望的都督閻公，在儀仗隊擁簇下遠道而來。

滕王閣序

宇文新州之懿範，襜
帷暫駐。十旬休暇，
勝友如雲；千里逢
迎，高朋滿座。

享有崇高聲望的都督閻
公，在儀仗隊擁簇下遠
道而來。

具有美德楷模的宇文州
牧，赴任途中暫駐於此。

重陽佳節加上十日一次的休假，一連兩天
才華出眾的朋友都雲集此間。

10

騰蛟起鳳，孟學士之詞宗；紫電青霜，王將軍之武庫。家君作宰，路出名區；童子何知，躬逢勝餞。

論文，參與盛會貴賓都是有如孟嘉一般才華富盛，文章寫來龍飛鳳舞，出眾超凡。

論武，有紫電、青霜吐露光芒，一如王將軍武庫中的鋒利武器。

家父在交趾作縣令，我因省親而路經寶地。
晚輩無知，躬逢這盛大的宴會。

11

時維九月，序屬三秋。潦水盡而寒潭清，煙光凝而暮山紫。儼驂騑於上路，訪風景於崇阿；臨帝子之長洲，得仙人之舊館。層台聳翠，上出重霄；

正值九月，秋高氣爽。雨後的積水乾涸，寒潭之水分外清澈。天空煙雲凝聚，山巒在暮靄中呈現一片紫色。在大路上整頓好車馬，繼續到崇山峻嶺中尋幽探秘。

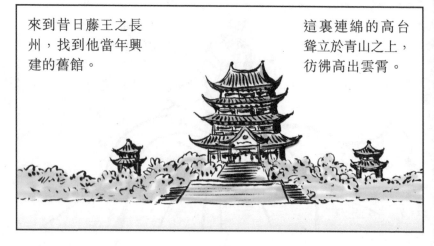

來到昔日藤王之長州，找到他當年興建的舊館。

這裏連綿的高台聳立於青山之上，彷彿高出雲霄。

飛閣流丹，下臨無
地。鶴汀鳧渚，窮
島嶼之縈迴；桂殿蘭
宮，即岡巒之體勢。
披繡闥，俯雕甍，山
原曠其盈視，川澤紆
其駭矚。

朱紅高閣，有
如凌空飛翔，
在閣上看不到
地面。白鶴、
野鴨棲息的沙
洲，極盡島嶼
迂迴曲折的風
貌景致。

雅緻的宮殿，順着山
巒起伏之勢。

推開雕花的閣
門，俯視彩雕的
屋背，山峰平原
盡收眼
底，河
川寬廣令
人瞠目。

閭閻撲地，鐘鳴鼎食之家；舸艦彌津，青雀黃龍之軸。虹銷雨霽，彩澈雲衢。落霞與孤鶩齊飛，秋水共長天一色。

屋舍遍地，都是富貴大戶之家。

船舶佈滿渡口，有青雀、
黃龍裝飾的大船。

剛剛彩虹消散，雨過天晴，雲霞光彩，映照天空。落霞
與孤鶩齊飛，秋水共長天一色。

漁舟唱晚，響窮彭蠡之濱；雁陣驚寒，聲斷衡陽之浦。遙吟俯暢，逸興遄飛。爽籟發而清風生，纖歌凝而白雲遏。睢園綠竹，氣凌彭澤之樽；鄴水朱華，光照臨川之筆。

漁舟唱晚，歌聲響徹鄱陽湖濱；雁陣驚寒，聲音傳送到衡陽的水邊。

遙望吟詠，心情大暢，超逸豪放，意興飛揚。蕭管樂音引來清風習習，悠揚歌聲使白雲停住飄動。

像睢園竹林之會，大家吟詩暢飲，逸氣超越陶淵明；又像鄴水詠荷，詩人文采可媲美謝靈運。

四美具，二難并。窮
睇眄於中天，極娛遊
於暇日。天高地迥，
覺宇宙之無窮；興盡
悲來，識盈虛之有
數。望長安於日下，
指吳會於雲間。

「良辰、美景、賞心、樂事」四樣美好條件齊備，而「賢
主、嘉賓」兩種難得相遇人物也聚首一堂。

極目遠眺中天，在假日
盡情遊樂。天高地遠，
感覺宇宙之大沒有盡
頭，興盡悲來，明白興
衰成敗均有定數。

在陽光下遙望長安，
指點吳會於煙雲之中。

地勢極而南溟深，天柱高而北辰遠。關山難越，誰悲失路之人？萍水相逢，盡是他鄉之客。懷帝閽而不見，奉宣室以何年？

東南方地盡之處的南海，深不可測，天柱高拔，使人感覺西北方的北極星遙遠不可及。關山難越，誰來同情我這失意之人？萍水相逢，都是他鄉作客的遊子。

想念朝廷卻不蒙召見，不知何年何日才可以侍奉君主呢？

嗟乎！時運不齊，命途多舛；馮唐易老，李廣難封。屈賈誼於長沙，非無聖主；竄梁鴻於海曲，豈乏明時？

嗟乎！時運各不相同，命途諸多不順；馮唐到老仍是小官，李廣戰功赫赫卻始終沒有封侯。

賈誼被屈貶官於長沙，並非沒有聖明的君主；梁鴻逃匿隱居於海邊，難道是發生在缺乏政治清明的時代嗎？

所賴君子安貧，達人知命。老當益壯，寧移白首之心？窮且益堅，不墜青雲之志。酌貪泉而覺爽，處涸轍以猶歡。

可以信賴的是君子能安於貧賤，通達事理的人知道自己的命運。老當益壯，即使頭髮白了也不改變初衷，處境雖貧困但意志愈加堅定，不會失卻凌雲壯志。

即使喝了「貪泉」的水，頭腦仍然清醒，處於乾涸的車轍中，胸襟依然開朗愉快。

滕王閣序

北海雖賒，扶搖可接；東隅已逝，桑榆非晚。孟嘗高潔，空餘報國之心；阮籍猖狂，豈效窮途之哭？

北海雖然遙遠，但乘着旋風還是可到。

早晨雖已過去，但珍惜黃昏為時未晚。

孟嘗君品行高潔，可惜空有報國之心。

阮籍狂放不羈，怎可學他那種窮途之哭？

20

勃三尺微命，一介書生，無路請纓，等終軍之弱冠；有懷投筆，慕宗慤之長風。捨簪笏於百齡，奉晨昏於萬里。非謝家之寶樹，接孟氏之芳鄰。他日趨庭，叨陪鯉對。

我這個身份卑微的小學生，未能有如終軍那樣少年就能為國捐軀，也沒有門路請纓報國。

我羨慕宗慤「乘長風破萬里浪」的氣概，想學班超投筆從戎的行為。

但如今必須捨棄一生功名前途，侍奉萬里以外的父親。我雖不及謝家的人才，但願親近如孟母般的好鄰居。我將見到父親，聆聽他的教誨。

滕王閣序

今茲捧袂，喜託龍門。楊意不逢，撫凌雲而自惜；鍾期既遇，奏流水以何慚！嗚呼！勝地不常，盛筵難再；蘭亭已矣，梓澤丘墟。

今天得以拜會貴人，高興得有如李白的一登龍門，聲價十倍。碰不到楊得意那樣的引薦人，只好撫着文章而歎息。既然遇上知音的鍾子期，彈奏一曲高山流水是無須慚愧的。無須慚愧的。

嗚呼，風景名勝不會再經常遊覽，盛會也難逢；蘭亭已成陳跡，石崇建造的梓澤也成了廢墟。

臨別贈言，幸承恩於偉餞；登高作賦，是所望於羣公。敢竭鄙誠，恭疏短引，一言均賦，四韻俱成。請灑潘江，各傾陸海云爾。

臨別贈言，有幸在這盛宴得到款待；至於登高作賦，還得仰賴在座諸公的大筆了！

我冒昧地盡我區區誠意，恭敬地寫下短序，大家都要作詩一首，我的四韻八句詩已完成，也請在座諸君施展潘岳、陸機般的才情吧！

「星分翼軫」

　　「翼軫」：古人多以天上的星座來對應地區的分隔，常稱「某地在某星的分野」，而星座有二十八個，稱為二十八宿，翼、軫則為兩個星座。此句解翼、軫的分野地區。

「控蠻荊而引甌越」

　　「蠻荊」：屬於古楚地，亦即湖南、湖北全境，以及四川、貴州的部分地區。
　　「甌越」：屬於古越地，現今浙江一帶。甌指甌江，又稱永寧江，為浙江省第二大河，由於流經溫州市入海，故甌也是溫州市的別稱。

「龍光射牛斗之墟」

　　「牛斗之墟」：牛、斗為星宿的名稱，此處指牛、斗所分隔出的區域。
　　「龍光」：據《晉書・張華傳》所記載，晉初，牛、斗之間常有紫氣照射，張華請教精通天象的雷煥，雷煥表示那是寶劍之精，果真在豐城地下挖得兩把寶劍，一為龍泉，一為太阿，後來兩劍入水後化作雙龍，故以龍光借代寶劍的光輝。

「徐孺下陳蕃之榻」

　　「陳蕃之榻」：據《後漢書・徐稚傳》記載，東漢時任豫章太守的陳蕃，從不接待賓客，唯有在他所敬仰的徐孺子來訪的時候，為他特設一牀榻，徐孺子一走，又將牀榻懸起來。

「孟學士之詞宗」

「孟學士之詞宗」：指東晉孟嘉，字萬年，曾為桓溫的參軍，在某年重陽，桓溫帶領屬下上山設宴，突然一陣風將孟嘉的帽子吹飛了，而孟嘉全然不覺，桓溫命人撿起帽子，又讓另一參軍孫盛作文，嘲笑孟嘉。孟嘉發現自己落帽失禮，就神情自若的把帽子重新戴好，又看了看孫盛的文章，拿起筆不加思索地寫了篇文章辯護自己落帽的事，文章被傳閱後，在座賓客無不驚歎。文中以孟學士之詞宗表達文采非凡的意思。

「王將軍之武庫」

「王將軍之武庫」：王將軍指王僧辯，字君才，多有戰功，曾任江州刺史征東大將軍，又曾平定侯景之亂，後官至太尉、車騎大將軍。武庫則指藏兵器的倉庫，此處比喻王僧辯的雄才大略。

「睢園綠竹，氣凌彭澤之樽」

「睢園綠竹」：西漢梁孝王所建，位處睢陽，故稱睢園。

「氣凌彭澤之樽」：彭澤為縣名，陶淵明曾為彭澤的縣令，固又稱陶彭澤；樽則指酒具，出自陶淵明《歸去來兮辭》中「有酒盈樽」一句，全句在文中表達大家在宴會中豪飲，逸氣勝過陶淵明。

「鄴水朱華，光照臨川之筆」

「鄴水朱華」：鄴水為於鄴下，是曹魏興起的地方，曹家父子經常在該處作詩；朱華則指荷花，出自的曹植《公宴詩》：「秋蘭被長阪，朱華冒綠池。」

「光照臨川之筆」：臨川指的是曾任臨川內史的南朝詩人謝靈運。此句表示曹家父子的詩篇與謝靈運所作互相輝映。

「馮唐易老，李廣難封」

「馮唐易老」：馮唐是西漢時期的人，雖有才華卻一直不得重用，到老時還只是一個小官。到漢武帝要廣招賢人，才有人推薦馮唐，當時他已經九十多歲了。

「李廣難封」：李廣是西漢的名將，在對抗匈奴的戰爭中屢立戰功，被匈奴人稱為「飛將軍」（後多以此稱號來形容驍勇善戰的軍人），他的部下很多已經封侯，但是他本人卻一直未獲封侯，到死也沒能獲得如此殊榮。

「酌貪泉而覺爽」

「酌貪泉而覺爽」：貪泉傳說位於廣州石門，人喝了以後會變的貪婪。據《晉書‧吳隱之傳》記載，晉朝廣州刺史吳隱之路過貪泉，喝了泉水以後，頭腦依然清醒，並沒有變得貪婪，並賦詩道「古人云此水，一歃懷千金。試使夷齊飲，終當不易心。」及後為官始終保持清廉。

「慕宗愨之長風」

「慕宗愨之長風」：宗愨字元幹，南朝劉宋時的名將，曾言「願乘長風破萬里浪」，此處表達仰慕宗愨乘風破浪的豪情。

「楊意不逢」

「楊意不逢」：楊意即楊得意，漢武帝時任宮廷狗監，他曾推薦司馬相如做官。此處表達作者仍未有遇到如楊得意那樣的貴人。

3
登 幽 州 台 歌

陳子昂

　　陳子昂這首千百年來深受文人雅士喜愛的詩篇，篇章雖短，文字雖淺白，卻極之深刻地突顯出詩人那份生不逢時，對時局悲憤莫名，而又無法力挽狂瀾的滿腔抑鬱。

　　陳子昂寫此詩時正被貶職，空有無限壯志卻報國無門。這天，他登上幽州台，昔日戰國時燕國賢君曾在此宴請天下之士。

　　放眼遠望，懷古傷今，浮想聯翩，不由得發出深深的悲歎⋯⋯所謂「明君」、「聖主」究竟在甚麼年代、甚麼時空才會出現呢？

　　唐代初期的詩歌因為沿襲六朝（吳、東晉、宋、齊、梁、陳），相繼建都建康〈南京〉，合稱六朝）時的陋習，文風綺靡，陳子昂致力打破這種寫作之風。他慨歎漢魏詩風不得流傳，並批評齊梁之詩過於浮誇，華而不實。陳子昂推崇像《詩經》那樣溫和、優雅樸實的文風。他為了也以身作則，寫下了很多爽朗剛健、內容豐富的詩篇，一掃六朝的綺靡詩風。

登幽州台歌

前不見古人，
後不見來者。
念天地之悠悠，
獨愴然而涕下。

古代那些明君，
我沒見過。

未來的聖主，
我也沒法遇上。

只見那蒼茫天地悠悠無
垠，禁不住的悽愴與孤
寂，熱淚潸然而流下。

「幽州台」

　　「幽州台」：亦即薊北樓，又稱薊丘、燕台，其遺址位於北京市。此台是戰國時期的燕昭王所建，當時起名「黃金台」，用意為廣招天下賢士，壯大國家。被招納的賢士，較為著名者有樂毅，他為燕昭王攻打齊國時，連破七十城，成一時佳話。當地在周朝時期被稱為幽州，及後春秋戰國時期為燕國疆土，又多次易名，至唐朝再次改回幽州，陳子昂以幽州台為名，而非更確切的黃金台，似是藉此加強前無古人，後無來者的意思。

「愴然」

　　「愴然」：指的是悲傷悽然的樣子。

4
春江花月夜

張若虛

《春江花月夜》是唐代詩人張若虛的作品。詩人生平事跡不詳，詩文大多散失，傳世詩作僅得兩首。

《春江花月夜》一詩，大有齊梁綺麗風格，而又匠心獨運，以卓越之技巧，突破前人窠臼，而被推舉為「孤篇橫絕，竟成大家」。

本詩用的是樂府舊題，而賦予新意，以月為主體，以江為場景，緊扣「春、江、花、月、夜」五字，描繪了一幅春天夜晚江畔的醉人景色。由春江花月夜的綺麗景色，刻畫人間誠摯的相思之情，詩云：「人生代代無窮已，江月年年祇相似。不知江月待何人，但見長江送流水」再由此引出；在此明月夜，乘着一葉扁舟在江上漂泊的又是誰家的遊子呢？而在明月下思念着遊子的，又是何家女子呢？

全詩流露淡淡哀愁，月光就像遊子的思念，總是無處不在，但美好的春天已過了一半，寄託相思的明月，也在西斜，終將消失與海霧中。觸景傷情，遂引起詩人對人生有限的感喟，也不知有多少人乘着月色歸來，此詩既刻畫人間誠摯的相思之情，又有哲理性的緊扣融入，以理說情，融情入理，引起共鳴，撩人相思懷想，確是佳作。

春江潮水連海平，
海上明月共潮生。
灩灩隨波千萬里，
何處春江無月明！

長江春潮，水勢浩蕩，彷彿與大海連成一片。
明月一輪，從江面升起，就像被潮水推湧出
來似的。

波光粼粼，月色隨着波光鋪開千萬里，春江處處皆有月明。

春江花月夜

江流宛轉遶芳甸，
月照花林皆似霰。
空裏流霜不覺飛，
汀上白沙看不見。
江天一色無纖塵，
皎皎空中孤月輪。
江畔何人初見月？
江月何年初照人？

江水彎曲，繞着山花爛漫的郊野流轉，月亮照着花林，竟像鋪上一層雪珠，月色如霜，所以霜飛亦無從察覺，州上的白沙也看不分明。

江天一色，纖塵不染，明亮夜空，一輪孤月。

在此江畔，何人最初看見月亮？江上明月最初照人又是在何年？

32

春江花月夜

人生代代無窮已，
江月年年祇相似。
不知江月待何人，
但見長江送流水。
白雲一片去悠悠，
青楓浦上不勝愁。
誰家今夜扁舟子？
何處相思明月樓？

人生在世一代傳一代無窮無盡，江上月亮年復年都是如此模樣。不知月亮等待着誰？唯見長江流水不絕。

悠悠一片白雲遠去，只剩下青楓浦上的她不勝哀怨。

誰家遊子，今夜寄身客舟中？何方女子，在明月照臨的樓頭苦相思？

春江花月夜

可憐樓上月徘徊，
應照離人妝鏡台。
玉戶簾中卷不去，
擣衣砧上拂還來。
此時相望不相聞，
願逐月華流照君。

高樓上月影徘徊，
照到了離人的妝鏡
台上。

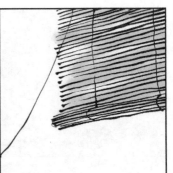

月色照在簾上，捲之
不去，照在洗衣砧上，
拂了還來。

此時此刻，相望月亮，分隔兩地互
不相聞，我願追隨月之光華去照耀
着你。

鴻雁長飛光不度，
魚龍潛躍水成文。
昨夜閑潭夢落花，
可憐春半不還家。

大雁長飛，也飛不
出月亮所照耀的空
間，魚龍潛躍，僅
造成水面的波紋。

昨夜夢見花落閑潭，
可憐春天已過了一
半，遊子仍未歸來。

春江花月夜

江水流春去欲盡，
江潭落月復西斜。
斜月沉沉藏海霧，
碣石瀟湘無限路。
不知乘月幾人歸，
落月搖情滿江樹。

春色隨着江水將要流盡，
寄託相思的明月也將落在
江潭了。

斜月下沉，藏入海霧之中，碣石山
與瀟湘水，其路遙遙，不知有幾人
能乘着月色回家？那江邊樹林的落
月餘暉，掀動着離情別緒。

「誰家今夜扁舟子」

　　「誰家今夜扁舟子」：扁舟子指的是乘着小船在外闖蕩的人。全句指的是在這明月夜，是誰在這江上飄蕩，表現了一種離家的憂愁。

「擣衣砧上拂還來」

　　「擣衣砧」：指的是古人拿來洗衣服的工具，同「搗衣」，擣衣砧是用來墊着衣服，再用棍棒捶打，打走污漬。

　　「拂還來」：承接上文，指打在擣衣砧上的月光拂之不去，古時洗衣服的，大多是女子，此處寫的是思念遊子的女子，以月光比喻對遊子的思念拂之不去。

5

望 月 懷 遠

張九齡

　　張九齡這首《望月懷遠》，讓人只讀了開首的「海上生明月，天涯共此時」兩句詩，一幅圖畫已在眼前，不禁心神為之所奪！

　　一輪明月正在海面上冉冉升起，而我思念的人呀，你和我同在此時，雖然能共賞明月清輝，可是卻遠隔天涯，不能相見。有情人自然生起怨恨，啊！這個晚上實在過於漫長，因為相思令人難眠，還有月色也太美了！

　　張九齡從小已聰敏善文，他七歲而有文名，後來不但成為唐代著名詩人，更是唐玄宗時的一代賢相。其作品渾厚含蓄，感情深摯，令人一讀難忘。

　　以《望月懷遠》這首五言律詩而言，已充分表現出詩人獨特的風格。「海上生明月」背景雄渾闊大，「天涯共此時」則是由景入情，「情人怨遙夜，竟夕起相思」變成是自然的流露，到了「不堪盈手贈，還寢夢佳期」更見構巧精思，情韻深長⋯⋯

　　捧滿在手的月光，既不能抓一把來送給遠方的妳，倒不若回到夢鄉好了，或許彼此能在夢中相會呀！

　　張九齡，字子壽，韶州曲江（今廣東韶關）人，還有「張曲江」的稱號，著有《張曲江集》。在《感遇十二首》中，有兩首被排列在唐詩三百首的首位，足見其詩受後人激賞。他的《感遇・其一》詩中的名句「草木有本心，何求美人折？」最為人熟知，藉詠物表達了君子不求虛榮，從容灑脱的胸懷，也是詩人高潔情操的寫照。

海上生明月，
天涯共此時。

明月一輪，緩緩從海上升起，你我雖相隔天涯，但能共
賞此月光。

情人怨遙夜，
竟夕起相思。
滅燭憐光滿，
披衣覺露滋。
不堪盈手贈，
還寢夢佳期。

情人埋怨這夜太
漫長，整夜都為
相思所困。

吹熄蠟燭，仍覺
一室月光，露氣
漸濃，披衣徘徊。

不能把月色雙手
捧給你，只望與
你相見在夢鄉。

「懷遠」

「懷遠」：意思是懷念遠方的親人，在古文當中，標題所用的「懷遠」，多是指懷念妻子。

「滅燭憐光滿」

「滅燭」：此句為倒文，順序應為「憐光滿而滅燭」，以憐代表愛，憐光比喻月光，因為月光照遍了全屋，所以把蠟燭滅了。

6
古從軍行

李　頎

李頎，唐代趙郡人，善寫七言歌行，作品在唐代早已名重於一時。

《從軍行》是舊有的樂府詩題，與李頎歷來所寫的軍旅之苦的題材相似，詩中所用的地名和典故均從漢代而出，切合題義。此詩蓋為李頎有意以漢喻唐，以寄借古諷今之意。

《古從軍行》將讀者帶入詩中，以出征將士的角度去描寫，詞的前段集中描寫戰場上的日與夜，中段則集中描寫邊疆環境的悲涼，後段則將前兩者結合，寫將士們的悲哀。

開首兩句先是描述了將士們白天的工作，要登上山去瞭望烽火，黃昏又要下山走到河邊放馬飲水，讓讀者了解將士的辛勞。到了第三、四句，白天變成了黑夜，晚上漫天風沙，天昏地暗，只聽見幽怨的琵琶樂聲，把前兩句的行動描寫又轉成了心理上的不滿和疲勞。

到了中段，作者筆鋒一轉，從將士們轉到了周遭環境的荒涼，描寫了大漠的荒涼，萬里之內都看不到城市，雨雪紛飛更顯出環境的惡劣，夜裏飛鳥的哀鳴，當地土著的眼淚，襯托出大漠中的悲涼、哀怨，在以此類比身在大漠的將士們心中的感受，與大漠的惡劣、悲哀相差無幾。

尾段是情感的爆發，通過前兩段對將士們和環境的描寫，堆砌起讀者對於將士們的憂傷和同情，並借描述將士們被困在玉門關外，奮勇戰鬥只落得埋屍大漠的悲慘下場，把這些感情推到高峰，並以結尾兩句點名題旨，「年年戰骨埋荒外，空見蒲桃入漢家」，諷刺當權者以人命為草芥，最後只換得從西域進貢的葡萄而已！

白日登山望烽火，
黃昏飲馬傍交河。
行人刁斗風沙暗，
公主琵琶幽怨多。

白日登山觀
望烽火台

黃昏到交河城邊讓馬喝水

軍旅的刁斗聲從昏暗風沙中傳過
來，比漢代公主和番的琵琶聲更幽
怨蒼涼。

古從軍行

野營萬里無城郭，
雨雪紛紛連大漠。
胡雁哀鳴夜夜飛，
胡兒眼淚雙雙落。

曠野茫茫不見城廓，
雨雪紛紛籠罩大漠。

胡雁夜裏邊飛邊哀鳴，胡
人士兵也受感觸，流下兩
行眼淚。

44

古從軍行

聞道玉門猶被遮，
應將性命逐輕車。
年年戰骨埋荒外，
空見蒲桃入漢家。

只聽得玉門關已封關，後退無路，戰士只能坐上戰車拼死沙場。

不准我們撤退，太狠了！

經年戰爭，戰死士兵的屍骨長埋於荒野，無數生命換來的，只是進貢給漢武帝的西域葡萄！

「行人刁斗」

「行人」：指的是出征的人。

「刁斗」：指的是古代軍中用作煮食的銅製用具，由於軍中物質斷缺，而刁斗的敲起來的聲音又響，所以晚上的時候會代替打更的梆子，提醒人們時間。

「公主琵琶幽怨多」

「公主琵琶」：在公元前 105 年，漢武帝將江都王劉健之女劉細君封為公主，並把她遠嫁到烏孫國，與國王昆莫和親，成為了史上第一位和親公主。為了慰藉公主思念之情，漢武帝命人在路上彈奏琵琶作樂。這個方法到了西漢末年，送王昭君出塞時也有使用。此處暗指和親的行為。

「空見蒲桃入漢家」

「蒲桃」：指的是現在的葡萄。漢武帝為了得到汗血寶馬派李廣利攻打大宛，征戰四年，到最後大宛貴族弒君求和，李廣利指定其中一名親漢的貴族昧蔡為王，然後挑選汗血寶馬班師回國。後來大宛貴族又覺得昧蔡過於親漢，又把他殺死另立國王。新王將王子送到漢朝作為人質，使漢朝放心。當時王子帶着一些大宛寶物來到漢朝，當中就有蒲桃（葡萄）和蒲桃種子，蒲桃就此傳入中國。作者用意在於諷刺皇帝為了自己的享受，而犧牲兵士的性命。

7

芙 蓉 樓 送 辛 漸

王昌齡

　　王昌齡，字少伯，山西太原人，唐代進士，盛唐著名詩人。他的詩與高適、王之渙齊名。因其善寫場面雄闊宏曠的邊塞詩，而有「詩家天子」以及「七絕聖手」的美譽。因不拘小節，為官期間多次被貶和調遣，於「安史之亂」期間，竟被亳州刺史閭丘曉妒忌他的詩才殺害。

　　《芙蓉樓送辛漸》是王昌齡在送別友人辛漸渡長江北上洛陽，於芙蓉樓分別時所寫的，原題共兩首，第一首寫的是前天晚上王昌齡在芙蓉樓為辛漸餞行的所思所想，而這一首則承接上文，寫當天在江邊離別的情形。

　　全詩都帶有一種淡淡然的悲傷和孤獨，長江煙雨茫茫的景象，帶有淡泊而悠遠傷感的氣氛。就在這種情景下，辛漸登上小舟，隨江流而去，作者自比楚山，江水滾滾而去，而楚山卻一直孤單的立在原地，離別的憂傷就如江河的小雨緩緩落下，於字裏行間滲透出來。

　　最後一句「一片冰心在玉壺」是全詩重點。「冰心、玉壺」早見於南朝詩人鮑照的《代白頭吟》，及後唐初的名相姚崇作《冰壺誠》，後來的詩人如王維、李白都曾用冰壺自勵，象徵光明磊落、表裏澄清的品格。王昌齡藉此比喻，讓親人放心，自己依然堅守己道，並以自己的品格驕傲，也呼應上文，以楚山的孤傲來代表自己如冰心玉壺的品格。

芙蓉樓送辛漸

寒雨連江夜入吳，
平明送客楚山孤。

淒淒冷雨，昨夜灑遍吳地江天。

在遠方是楚山孤影的背景
下，天剛黎明送別好友。

洛陽親友如相問，
一片冰心在玉壺。

朋友你到了洛陽，若有親友問起我的近況……

請告訴他們，我的心依然像玉壺裏的水一樣純潔，未受世俗塵垢玷污。

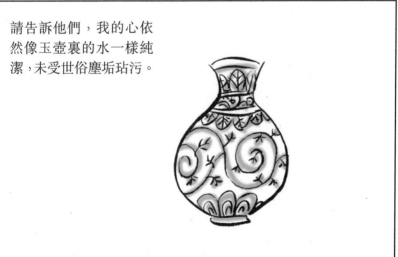

「平明送客楚山孤」

「楚山」：意指江北的山，古時長江下游江北淮南一帶屬於楚國，故名楚山。

「孤」：此處的孤有多重的意思，一是形容孤獨的楚山，類比作者的心境，送別友人的憂傷，二是連接後文，以楚山的孤傲，比喻作者的修養。

「一片冰心在玉壺」

「冰心」、「玉壺」：此比喻最先用於鮑照的《代白頭吟》首句：「直如朱絲繩，清如玉壺冰」，形容正直之士的心通透澄清如玉壺中的冰。及後唐代名相姚崇作《冰壺誡》，告誡後世文人應保持如冰壺的修養，後來的詩人如王維、李白等都以冰壺的比喻自勉。

8
山居秋暝

王 維

　　王維，字摩詰，唐朝詩人。本詩是一首山水田園詩，詩中景物躍然紙上，堪稱「詩中有畫，畫中有詩」。但此詩不單描寫山居雅意，還有借詩「言志」，要點在最後一句「王孫自可留」，這是借《楚辭‧招隱士》中的「王孫兮歸來，山中兮不可久留」之句而反其意，道出「王孫」也可不「出山」而心安理得地歸隱田園的。

山居秋暝

寧靜山居，
剛下了一陣雨。

傍晚的天氣，
感覺到陣陣秋意。

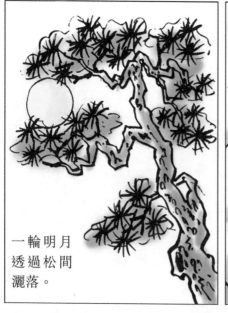

一輪明月
透過松間
灑落。

山澗的泉水淙淙
流過石上……

山居秋暝

竹喧歸浣女，
蓮動下漁舟。
隨意春芳歇，
王孫自可留。

忽聞竹林裏
笑語喧聲，
是洗衣的姑
娘們歸來了。

任憑春天
芳草自然
凋謝，

又見水中蓮葉
搖曳，一葉漁
舟順流而下。

王孫自可留在山
中，不火歸去。

「竹喧歸浣女」

「竹喧」：竹林傳來的喧鬧聲。

「浣女」：洗衣的女子，以喧鬧聲點出竹林的深密以及洗衣女們的活潑。

「王孫自可留」

「王孫」：原指貴族子弟，後又指隱士。

「自可留」：借用《楚辭・招隱士》：「王孫兮歸來，山中兮不可久留。」此處反用其意，說即使春芳凋謝，秋色依然優美，王孫自然可留在山中。

9
將 進 酒

李　白

　　李白，字太白，號青蓮居士，其詩作豪放飄逸、從容自然，被後世譽為詩聖仙。

　　《將進酒》原為漢代樂府「饒歌十八曲」之一，主題圍繞飲酒高歌。李白借用舊題，雖然主題亦是歌詠飲酒，但內容上比前人豐富，其感情表達亦較為曲折，且帶有李白的豪放風格。

　　開首兩句以滾滾江水流逝與青絲轉眼白，形象化時間一去不復返，點出人生短暫，應要及時行樂，借飲酒歡度人生的主題。

　　「天生我才必有用，千金散盡還復來」一句展現出李白的自信與豪情。只要有好酒，金銀財寶並不重要，良馬、皮裘都能拿來換酒喝，這種視錢財如無物，只貪手中一杯酒的氣度，確是古來少有。

　　詩中有很多暢飲美酒的描寫，「三百杯」、「長醉」、「斗酒十千」，無一不顯李白的豪邁奔放，更加強了詩歌的氣勢。然而，美酒的背後，也窺見主人翁仕途不順的心結，「古來賢者皆寂寞」呀，飲吧！李白情緒的抒發，就猶如千百斗的美酒下肚，都沖不走濃濃的憂鬱，只能靠着長醉才能忍受的萬古愁。

君不見黃河之水天上來，奔流到海不復回！
君不見高堂明鏡悲白髮，朝如青絲暮成雪。
人生得意須盡歡，莫使金樽空對月！

你是否看見黃河之水從天上奔騰而來，直入東海不會回頭。

你是否看見那年邁的父母對着鏡子悲歎白髮滿頭，年輕時的黑髮轉眼變成雪白。

人生得意之時應盡情歡樂，莫要使酒樽空對明月。

天生我材必有用，
千金散盡還復來。
烹羊宰牛且為樂，
會須一飲三百杯。
岑夫子，丹邱生，
將進酒，君莫停！

天生我才，必然有用
得着的地方，千金散
盡，還可以再找回來。

烹羊宰牛作樂吧！務必痛
飲三百杯啊！

岑夫子，丹邱生，請喝酒吧，
別停下杯子喔！

與君歌一曲，
請君為我傾耳聽！
鐘鼓饌玉不足貴，
但願長醉不用醒！
古來聖賢皆寂寞，
唯有飲者留其名。

為你高歌一曲，
請你為我傾耳
細聽！

鐘鳴鼎食豪華生活不
必羨慕，只希望長駐
醉鄉不用醒來。

自古幾許聖賢皆不為世人所知啊，唯
有那喝酒的人方可能夠留下美名。

陳王昔時宴平樂，
斗酒十千恣歡謔。
主人何為言少錢，
逕須沽取對君酌！
五花馬，千金裘，
呼兒將出換美酒，
與爾同銷萬古愁！

陳王曹植當年在平樂觀設宴，萬錢一斗的美酒讓賓主盡歡。

店主你為何說錢不夠呢？只管端酒出來痛飲吧！

五花千里馬，千金狐皮裘，呼喚侍兒取來換成美酒，我與你一起消解這萬古愁！

「將進酒」

「將進酒」：將代表請，全句即使請你飲酒的意思。

「岑夫子」

「岑夫子」：舊說指其為詩人岑參，後經考證實為李白好友，岑勛。他經常邀請李白和元丹丘共聚喝酒題詩，又有《酬岑勛見尋就元丹丘對酒相待以詩見招》一詩記錄幾人歡聚的時光。

「丹邱生」

「丹邱生」：「邱原」為「丘」，後因避諱孔子之名孔丘而改成邱。丹邱生原名元丹丘，丹丘為傳說中神仙之居，元丹丘隱居學道，故又被李白稱為丹丘子，與李白、岑勛同屬好友。

「陳王昔時宴平樂」

「陳王」：指曹植，三國時曹植被封於陳郡，因而得名。

「昔時宴平樂」：此處典故出自曹植所作《名都篇》：「歸來宴平樂，美酒斗十千。」平樂則指漢明帝時建，位於洛陽西門之外的平樂觀。

10
月 下 獨 酌

李　白

　　李白的《月下獨酌》共四首，其中最為膾炙人口的是第一首。而事實上，也是這首寫得最有意境和別具想像力。於是千古傳頌，久之而掩蓋了其下的三首。

　　此詩的體裁屬古體詩，是較少拘束的體裁。全詩十四句，每句五言。天寶三年（744年）春所作。

　　天寶三年正是李白在長安當官的時期，他跟權臣不和，又被唐玄宗疏遠，故心情抑鬱，獨酌無親，只能舉杯向天，邀請明月，與自己的影子相對，把孤單的情景轉為浪漫熱鬧的對飲，藉此排遣內心鬱悶！

月下獨酌

花間一壺酒，
獨酌無相親。
舉杯邀明月，
對影成三人。
月既不解飲，
影徒隨我身。
暫伴月將影，
行樂須及春。

花間一壺美酒，可惜無人相伴……

唯有舉杯邀月，和自己的影子成為三人！

可惜月兒不懂喝酒，影兒只是跟着我……

趁着春宵良辰，應及時行樂，且讓我不辜負了花間這壺酒……

62

我歌月徘徊，
我舞影零亂。
醒時同交歡，
醉後各分散，
永結無情遊，
相期邈雲漢。

月兒徘徊天際聽我
唱歌，影子跟隨我
的舞步飄忽不定。

醒時與我共
聚尋歡，醉
後難免要分
離而感到再
度寂寞……

月亮啊，我永遠的
忘情之友，願相約
在銀河再會！

「影徒隨我身」

　　「影徒隨我身」：徒解只、但。全句指影子只會跟隨我移動，而不會陪飲，突出作者的孤獨。

「永結無情遊，相其邈雲漢」

　　「永結無情遊」：永遠和月光、影子結伴作無情之遊，表達一種超脱世俗所困的境界。

　　「相其邈雲漢」：邈指遙遠；雲漢指銀河、天上。全句解與月和影子相約在遙遠的銀河之上。

11
茅屋為秋風所破歌

杜甫

　　杜甫，字子美，唐朝杜陵人，被後世尊為詩聖，唐朝現實主義詩人，其作品有不少反映社會動盪、民間疾苦為主題的作品。

　　杜甫一生憂國憂民，經常處於動盪之中。晚年逃難至成都蓋草堂（茅屋）而居，卻被秋風蹂躪，苦不堪言。然而，他卻沒有怨天尤人，心中所掛念的並不是自己，卻是天下間有同樣遭遇的寒士，後半段他集中寫自己的願望，希望會有「廣廈千萬間」，讓有同樣經歷的寒士入住，不用再受此磨難，可以安安穩穩。他為了這願望甚至願意犧牲自己，那怕是「吾廬獨破受凍死亦足」！

　　自漢朝起，各朝代都獨尊儒家，以儒家、論語、孔孟之學為本，孔孟之學以德行為尊，為人必須有仁德，正所謂「仁者愛人」，杜甫在寒冷困苦之間，還記掛這其他有同樣遭遇的人，依舊感懷天下，甚至犧牲自己，憑藉他的高尚情操，杜甫可稱得上為仁者，古代讀書人當中的表表者，所以「詩聖」這一稱號，杜甫當之無愧！

八月秋高風怒號，
卷我屋上三重茅。
茅飛渡江灑江郊，
高者掛罥長林梢，
下者飄轉沉塘坳。

八月秋天高風怒號，
狂風捲去了我屋頂上
幾層茅草。

茅草飛到對岸，散
落在江邊，有的高
高掛在樹梢，有的
落入水中。

茅屋為秋風所破歌

南邨羣童欺我老無力，
忍能對面為盜賊。
公然抱茅入竹去，
唇焦口燥呼不得，
歸來倚杖自歎息。
俄頃風定雲墨色，
秋天漠漠向昏黑。

南村羣童欺我年老無力，竟忍心當着我面做盜賊，公然抱着我的茅草跑進竹林，我叫得唇焦口燥也叫不住。

回到家中，倚杖獨自歎息。

一會兒風停了，烏雲仍是黑墨色的。迷濛的深秋開始天黑了。

布衾多年冷似鐵，
嬌兒惡臥踏裏裂。
牀頭屋漏無乾處，
雨腳如麻未斷絕。
自經喪亂少睡眠，
長夜沾濕何由徹！

布被子蓋了多年，又冷又硬，像鐵板似的。孩子睡不安穩把被子也蹬破了。牀頭屋漏，沒有一處是乾的，雨落如麻不停地往下灑。

自安史之亂，我就睡得很少，到處都沾濕了，長夜茫茫如何捱到天明？

茅屋為秋風所破歌

安得廣廈千萬間，大
庇天下寒士俱歡顏，
風雨不動安如山！
嗚呼！何時眼前突兀
見此屋，吾廬獨破受
凍死亦足！

安得廣廈千萬
間，大庇天下寒
士俱歡顏，風雨
不動安如山！

嗚呼！何時眼前見到
這些高聳的房屋，即
使我茅屋破了，凍死
了也心甘情願啊！

「三重茅」

　　「三重茅」：意指茅屋的屋頂，雖然作者寫作三重，並不代表屋頂真的只有三重的茅草，在文言文當中三大多代表多的意思，可以想作是大風捲走了很多屋頂上的茅草。

「嬌兒惡臥踏裏裂」

　　「惡臥」：此處的臥代表了兒子的睡姿，惡臥在描述兒子睡相不好。

　　「踏裏裂」：因為兒子的睡相很差，腳到處亂踏，連牀鋪都被他踏破了。

「雨腳如麻」

　　「雨腳如麻」：雨腳意指雨點，麻則代表麻線。此處描述了雨下個不停，像下垂的麻線一樣，密密麻麻。

12
登樓

杜　甫

　　杜甫此詩起首四字「花近高樓」，卻立即逆轉為「傷客心」，這「見花傷心」的反常現象，起勢突兀，先聲奪人。跟着「萬方多難此登臨」……道盡國家動盪人民不安的時局。

　　最後一句「日暮聊為梁甫吟」，因相傳諸葛亮隱居隆中時，好吟唱此民謠，杜甫借此言志：我雖有諸葛武侯的大志，但如今世道，卻是蜀後主這樣的昏君，竟還可以有祠廟供奉呢！

登樓

望着高樓附近繁花似錦，作
為遊子過客卻愈發傷心。

愁思滿腹叨念着
萬方多難，我到
此登臨。

錦江的春色，
連天接地。

玉壘山上的浮雲，
就如古今世道一樣
幻變不定。

72

北極朝廷終不改，
西山寇盜莫相侵。
可憐後主還祠廟，
日暮聊為梁甫吟。

大唐朝廷有如北極星一樣不可動
搖，西邊的蠻夷不要再妄想入侵！

可歎蜀後主劉禪那
樣的昏君，還可以
在廟中享受祭祀。

在這日暮時分，我只
能學着孔明吟唱《梁
甫吟》，聊以寄情。

73

「玉壘浮雲」

「玉壘」：指玉壘山，位於四川，實際上有兩處皆稱玉壘山，一處於理番縣東南新保關，另一處於灌縣西北，此處指理番縣玉壘山，為蜀中同往吐蕃的要道。

「浮雲」：浮雲暗指多變的政局和人生，有如玉壘山上浮雲變換不定。

「北極朝廷終不改」

「北極」：指北極星，此處以北極星借代北方。

「朝廷終不改」：其時吐蕃入侵中原，作者表達唐代政權不容篡奪的堅定，最終都不會被取而代之。

「梁甫吟」

「梁甫吟」：為古代一首葬歌，此處借代此詩。據《三國志》，諸葛亮在隆中躬耕時，好《梁父吟》，常吟詩消遣，抒發空懷濟世之心的惆悵。

13
師 説

韓 愈

　　韓愈，字退之，唐代著名文學家，為人敢言而特行，主張寫文章要「詞必己出」、「文以載道」，看見於世道無益之事勇於批評。貞元十九年（即公元 803 年），因關中旱災，他上書彈劾國戚京兆尹李實，封鎖災情，報喜不報憂，卻被德宗貶為陽山縣令。但這並無磨損他敢言的風骨。元和十四年（819 年），唐憲宗迎佛骨於宮中供養三日，他覺得不妥，遂寫下《諫迎佛骨表》上奏，結果惹惱憲宗，幾乎被處死，最後被貶為潮州刺史。

　　據考證，《師說》是韓愈三十五歲時任國子監四門博士——從七品的學官的作品。當時社會上有一股「恥學於師」的奇怪風氣。原來，那些士大夫普遍有一種從師「位卑則足羞，官盛則近諛」的心理。即是說，門第低於自己的，瞧不起；高於自己的，則怕人譏笑攀附權貴，就變成無師可拜的奇怪現象。韓愈此文就是要反對這種錯誤風氣，藉此匡正時弊。

　　為甚麼比我年少之人，只要他有道理，我也會拜他為師？因為拜師的最終目的，是學道理呀！若他沒有值得學習的地方，即使比我富貴百倍、千倍，也不足以為師。所以，道之所存，師之所存也。「師道」（學道理）之人，不應因老師之年齡、貴賤而有分別之心，有道理的，就是吾師。

　　韓愈所批評的「恥學於師」風氣，並非說士大夫們不讀書。相反，他們除了自己讀書，也很關注兒子的成材，所以「愛其子，擇師而教之」。但這些「童子之師」教的只是文句的基本知識，譬如讀法和斷句，

而非「傳其道，解其惑」。換句話説，學了滿腹知識之後，卻沒有向名師學智慧！這個道理亙古不變，現代人要學習知識易如反掌，但做人的道理，真要向比自己智慧高的老師學習才行。

韓愈以巫、醫、樂師和各種工匠作類比，指他們能夠互相學習，不以為恥。這些士大夫們的智慧實在比不上他們呢，「其可怪也歟」！（「其可怪也歟」有兩種譯法，一是「難道值得奇怪嗎？」，一是「真奇怪啊！」。）

韓愈又列舉孔子曾拜郯子、萇弘、師襄及老聃為師，説明聖人也奉行「師道」者：

郯（音談）子，春秋時郯國國君。二十四孝的「鹿乳奉親」主角就是他。

萇弘，通曉天文曆數，又通音律樂理。孔子特別向他請教音樂與天文知識。

師襄，孔子從他習琴。

老聃（粵音耽），即道家始祖的老子。相傳孔子於五十一歲時問禮於老子，而後曰：「五十而知天命」云云。

聖人無常師，孔子師郯子、萇弘、師襄、老聃。郯子之徒，其賢不及孔子。孔子曰：「三人行，則必有我師。」是故弟子不必不如師，師不必賢於弟子；

聖人沒有固定的老師，孔子曾以郯子、師襄、老聃為師。

郯子他們，其道德學問並不如孔子。

孔子曰：三人行，則必有我師。

是故弟子不必不如師，師不必賢於弟子。

77

師說

聞道有先後，術業有
專攻，如是而已。
李氏子蟠，年十七，
好古文，六藝經傳，
皆通習之；不拘於
時，學於余。余嘉其
能行古道，作《師說》
以貽之。

聞道有先後，術業有
專攻，如是而已。

李蟠，十七歲，愛好古文，
六藝經傳，皆學習了；不受
世俗影響，向我學習。

我嘉許他能遵行古人從師
學習之道，作《師說》贈予
他。

78

「不恥相師」

　　「不恥相師」：師指學習。全句指他們不認為互相學習是恥辱。

「官盛則近諛」

　　「官盛則近諛」：官盛指地位高。全句指以地位高的人為師與諂媚奉承無異。

「君子不齒」

　　「君子不齒」：君子於此處指士大夫。全句指士大夫不齒於與他們並列。

「三人行，則必有我師」

　　「三人行」：此處三作約數，指幾人走在一起。
　　「則必有我師」：出自《論語‧述而》。全句指幾人走在一起，一定有我可以學習的對象。

14
馬說

韓愈

韓愈，字退之，生於河南河陽。他由於曾三次應吏部試皆不受錄用，鬱鬱不得志，故產生「千里馬常有，而伯樂不常有」之歎。

作者在文章起首處直接帶入主題，強調必須先有伯樂的發掘，才有千里馬的出現。繼而述及千里馬不能得到伯樂發掘的可憐遭遇，只是老死於尋常馬伕之手，一生不得志。及後，作者強調對待千里馬必需懂得用對方法，方能見其用。食盡粟一石等語道出養馬者不得其法，只會令馬縱有千里之能亦未能施展出來。

最後再深入地說明倘若不懂駕馭、飼養馬匹的方法，不能明白馬匹的心意，就不會覓得好馬！最後歸納出世上並非無千里馬，只不過缺乏懂得相馬的伯樂而已。

作者感慨當朝用人者不懂重用人才，猶如養馬者不知道自己正在養的是千里名駒。文末「其真無馬邪？其真不知馬也！」直接道出聲稱天下無馬者，只是無知小人而已！

世有伯樂，然後有千里馬。千里馬常有，而伯樂不常有。

世間要有懂相馬的伯樂，然後才能有千里馬。

千里馬經常有，可是伯樂不會常有。

故雖有名馬，祇辱於奴隸人之手，駢死於槽櫪之間，不以千里稱也。

故此雖有名馬，也只是辱沒在馬伕手裏。

和普通的馬一起，默默無聞，死在馬廄之中，不會以千里馬而聞名於世。

馬說

馬之千里者，一食或盡粟一石。食馬者不知其能千里而食也。是馬也，雖有千里之能，食不飽，力不足，才美不外見，且欲與常馬等不可得，安求其能千里也？

日行千里的馬，吃一頓或需一石馬糧，餵馬的人不知道牠因日行千里而需要此食量。

吃這麼多？想吃窮老子嗎？！

這樣的馬，雖有日行千里之能，食不飽而力不足。內在的潛能不外現。

而且跟平常劣馬比較竟也比不上！能要求牠日行千里麼？！

馬說

策之不以其道，食之不能盡其材，鳴之而不能通其意，執策而臨之曰：「天下無馬！」嗚呼！其真無馬邪？其真不知馬也！

駕馭馬匹不當，又沒有餵飽牠。

千里馬嘶鳴，卻又不懂牠的意思。

天下沒有好馬！！

只懂拿鞭子趕牠，口中抱怨「天下沒有好馬！」嗚呼，真的沒有好馬麼？事實是不懂識別千里馬啊！

「伯樂」

　　「伯樂」：原名孫陽，字伯樂，相傳為春秋時期秦穆公時代人，善於觀馬。於《莊子・馬蹄》中有所提及：「伯樂曰：我善治馬。」於老年時著下《相馬經》一書，流傳至今，為中國史上最早的相馬術著作。後人多以伯樂代表善於識人者。

「駢死」

　　「駢死」：駢有並列的意思。文中指將千里馬與普通馬放在一起，終其一生亦未能展現牠的才能，至死依然默默無聞，浪費其天賦。

「槽櫪」

　　「槽櫪」：指的是餵飼牲畜用的工具，櫪又有馬棚的意思。

「食馬者」

　　「食馬者」：食同飼，此處作動詞用，解餵飼馬匹的人。

「其真無馬邪」

　　「其真無馬邪」：此處作反問句，全句意思為「難道真的沒好馬嗎？」

15
始 得 西 山 宴 遊 記

柳宗元

柳宗元（773-819 年），字子厚，唐宋八大家之一。《始得西山宴遊記》是著名的「永州八記」之一。

柳宗元因貶官至永州，閒來尋幽訪勝，深覺西山之特別，遂撰文志之。

柳宗元的「遊山玩水」，其實旨在排遣仕途不得志的愁緒。本文以發現西山之特異，在山上遊目四顧，「數州之土壤，皆在衽席（坐席）之下。」詩人不無以此自況：才華堪比西山 —— 數州皆在我足下 —— 只是無人知道矣！

柳宗元上任永州司馬。地，是窮山惡水；官，是投閒置散。柳宗元於窮山惡水間，卻找出可觀可賞之處。有人讚曰：實為學道之寫照。

有人說，中國的文化，大半是「貶官文化」。幾許詩人墨客，如屈原、李白、蘇東坡和柳宗元等。

他們貶官後，為抒發心中抑鬱，舒解長日岑寂，而寄情山水，並賦文志之，成就了千古絕唱。真個是詩人不幸而江山有幸！

自余為僇人,居是州,恆惴慄。其隙也,則施施而行,漫漫而遊。日與其徒上高山,入深林,窮迴谿。

自我遭貶之後（被貶為永州司馬），居於永州,時常惴惴不安。

有空時,便到處走走。

每天與同伴上高山,入深林,走過曲折的溪流……

始得西山宴遊記

幽泉怪石，無遠不到。到則披草而坐，傾壺而醉；醉則更相枕以臥，臥而夢。意有所極，夢亦同趣。

幽泉怪石，不論多遠，無有不到的。

到則披草而坐，傾壺而醉。

醉則更枕而臥。

睡着了就做起夢來。心中想到的，夢裏也到了那裏。

覺而起，起而歸。以為凡是州之山有異態者，皆我有也。而未始知西山之怪特。今年九月二十八日，因坐法華西亭，望西山，始指異之。

覺而起，起而歸。以為永州境內的奇山異水，我都遊歷過了。

今年九月二十八日，因坐法華寺的西亭，遙望西山……

唔……
這山有點特別呢！

遂命僕人過湘江，緣染溪，斫榛莽。焚茅茷，窮山之高而止。

於是命僕人僱舟渡過湘江⋯⋯

沿着染溪，砍伐叢生的樹木，焚燒茂密的茅草⋯⋯

一直到達山頂為止。

攀援而登，箕踞而
遨，則凡數州之土
壤，皆在衽席之下
。

大家攀援而登上西山，伸開雙腿
遊目四顧。

就看見附近的幾個州，
都在我們的坐席之下。

其高下之勢，岈然洼然，若垤若穴，尺寸千里，攢蹙累積，莫得遯隱。縈青繚白，外與天際，四望如一。然後知是山之特出，不與培塿為類。悠悠乎與顥氣俱，而莫得其涯；洋洋乎與造物者遊，而不知其所窮。

那高低不平的地勢，有隆起的小丘，有陷下的像洞穴，千里遠景，咫尺之間，逃不出我們的視野。

青山與白雲互相環繞，上接天際，四望如一。

此時，我才知道兩山之突出，非一般小土丘可比……

它高大久遠，與天地共存而看不到盡頭。

引觴滿酌，頹然就醉，不知日之入，蒼然暮色，自遠而至，至無所見，而猶不欲歸。

我們舉起酒杯，滿滿的一飲而盡，直到醉倒在地，連太陽下山了也不察覺。

昏暗月色，自遠方籠罩過來……

直到甚麼也看不見，我還不想回去。

心凝形釋，與萬化冥合。然後知吾嚮之未始遊，遊於是乎始，故為之文以志。是歲，元和四年也。

但覺心神凝聚，形體了無拘束，與萬物歸一。

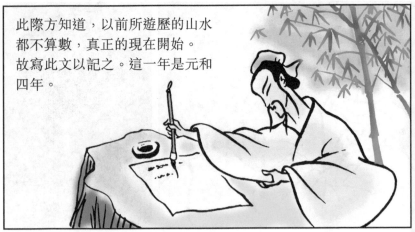

此際方知道，以前所遊歷的山水都不算數，真正的現在開始。故寫此文以記之。這一年是元和四年。

「自余為僇人」

　　「自余為僇人」：僇同戮，據《廣雅》：「戮，辠也」，辠即古之「罪」字，僇人亦同罪人；柳宗元其時被貶至永州，故自稱罪人。

「恆惴慄」

　　「恆惴慄」：恆即恆常；惴據《孟子・公孫丑上》趙岐注：「惴，懼也。」，慄據《廣雅・釋訓》：「慄慄，懼也。」，是為兩者均有恐懼之意。全句解經常懼怕。

「緣染溪」

　　「緣染溪」：緣即沿。染溪又名冉溪，於湖南零陵縣西，為瀟水支流。據《輿地紀勝》：「永州：愚溪在州西一里，水色藍，謂之染水。或曰冉氏嘗閣於此，故名冉溪。」

「斫榛莽」

　　「斫榛莽」：斫即砍伐；榛莽即雜亂叢生的木林。

「岈然窪然，若垤若穴」

「岈然窪然」：岈即衍，指空幽的深谷；窪指山谷深深凹陷的樣子。此處指由山頂俯瞰，平原大地有如深陷的山谷，突出高聳的山峰。

「若垤若穴」：垤指蟻窩口堆積的土丘。全句指一覽羣山有如蟻窩般矮細。

「縈青繚白」

「縈青繚白」：縈即繞，繚即纏；青與白分別借代山與水。全句即山水纏繞在一起。

「不與培塿為類」

「培塿」：即小丘。全句指此山獨立不羣，與其他小山丘不同。

16

賣 炭 翁

白居易

　　白居易，中唐著名詩人，字樂天，晚號香山居士、醉吟先生。其詩歌風格以流暢淺白而聞名於世，詩作在當時已膾炙人口，早年與元稹在詩壇上並稱「元白」；晚年與劉禹錫唱和，世稱「劉白」。他先後任翰林學士、左拾遺等職，在朝期間正直敢言，擅作新樂府詩諷刺時政，受到朝中權貴痛恨排擠，而屢遭貶官，但及後仍能官至刑部尚書。死後因諡號為「文」，而又被稱「白文公」。

　　這是一篇以敘事為主的新樂府詩，旨在諷刺時弊。文中主角是一位賣炭維生的老翁，講述其辛勤付出汗水，卻慘遭宮使剝削的經過，以求表現出宮市制度對平民百姓為禍之烈。所謂的「宮市」是唐德宗在位期間，內廷宦官借為宮中採購用品，乘機掠奪民脂民膏的弊政。

　　篇首主要道出賣炭翁的身世及刻畫他的具體形象，揭示他以賣炭為生，勾勒出他的蒼老和生活辛勞的艱苦形象。接着寫賣炭翁對生活的期盼，點出賣炭翁辛勤勞動只為衣裳和食糧，更道出賣炭翁不顧自己衣衫單薄無法禦寒，一心盼望天寒以求更多人買炭而有更好的賣炭收入。後來講述賣炭翁從山上到市集賣炭的經過。大雪降下，賣炭翁冒着冰雪駕炭車到城中市集賣炭。路途的艱辛，令人明白賣炭翁的辛勞，亦為後來被宮使剝削一事增添悲劇色彩。

　　可悲的是宮使及其手下借宮市名義，強行將整車炭牽回宮中。他們只用了半疋紅紗和一丈綾換了一車炭，這做法就是宮市制度的縮影，宦官及其黨羽對老百姓巧取豪奪，充分展現出「苦宮市也」的主旨。

　　白居易重視詩歌的社會功能，多於文學意義上的創作觀點。這篇

樂府詩刻意以淺白的文詞作文章，像「身上衣裳口中食」，「牛困人飢日已高」和「可憐身上衣正單，心憂炭賤願天寒」等皆是例子，以求詩歌意思能夠更顯淺易明地傳播出去。

賣炭翁，伐薪燒炭南山中。
滿面塵灰煙火色，兩鬢蒼蒼十指黑。

有位賣炭的老翁，他在終南山砍柴燒製木炭。

他長年被煙火熏黑的臉上沾滿灰塵，兩鬢白髮蒼蒼，十指烏烏黑黑的。

賣炭翁

賣炭得錢何所營？
身上衣裳口中食。
可憐身上衣正單，
心憂炭賤願天寒！
夜來城外一尺雪，
曉駕炭車輾冰轍。

賣了木炭得到的錢為了甚麼呢？為了身上
穿的和口中吃的。

可憐身上穿着單薄衣
衫，卻憂心木炭賣不起
價錢而寧願天氣寒冷。

夜裏城外下了一尺厚的大雪，清
晨趕着進城，炭車在冰地上留下
車轍。

牛困人飢日已高，
市南門外泥中歇。
翩翩兩騎來是誰？
黃衣使者白衫兒。

牛累了，人也餓了。中午的太陽高高掛。就在南門外歇一歇吧。

有兩騎來者翩翩而至，原來是宮市太監和他穿白衫的隨從。

手把文書口稱敕，
迴車叱牛牽向北。
一車炭重千餘斤，
宮使驅將惜不得！
半疋紅紗一丈綾，
繫向牛頭充炭直！

他手拿着宦官文書，口稱是皇上的命令，便牽了
賣炭翁的牛車吆喝着改道向北朝皇宮拉去。

一車炭重千餘
斤，他們硬是
要帶走，雖捨
不得卻又無可
奈何。他們把
半疋紅紗和一
丈綾綢往牛頭
上一掛，就充
當一車炭的價
錢了！

「黃衣使者白衫兒」

「黃衣使者」是宮市太監，指宮中派出負責市買的太監，即是文中所指的「宮使」。原來的「宮市制度」精神是買賣雙方在宮市內自願交易，公平成交。可是宦官作為宮市使，他們仗勢欺人，派遣手下前往市集或者往來民眾的必經之路進行強買強賣。商販的貨品都被極其低廉的價格買去。「白衫兒」指的是宦官下屬爪牙。

「半疋紅紗一丈綾」

紗是一種輕薄的絲織品，以平紋織法織成；綾是一種絲織品，以斜紋織法織成，常用於書畫裝裱。唐代的紗、綾等紡織品皆可充當貨幣使用。唐朝實行「租庸調制」，布匹可用來交稅。唐代中葉以後實行「兩稅法」，綾絹也是主要征納物。此外，其時亦實行「錢帛兼行」的貨幣制度，絹帛類的紡織品和銅錢具有同等的貨幣職能。

17
長恨歌

白居易

　　白居易《長恨歌》寫的是唐明皇與中國歷史上有名美人——楊貴妃的愛情故事，固然長恨歌的故事淒美動人，但並不完全是史實，應將此篇看作文學創作。文章雖寫唐皇，但文中卻以漢皇代替，皆因有所顧忌，以免犯上誹議皇帝的罪名。白居易之所以寫下此篇，因有天他與好友陳鴻、王質夫出遊仙遊寺，說起唐明皇與楊貴妃的故事，十分感慨，朋友王質夫認為應當將此故事記錄下來，以免失傳，可又認為非妙筆不能讓它傳頌千年，故邀詩藝非凡的白居易，以歌詩記錄下來，白居易欣然接受，由此中國史上的詩歌《長恨歌》傑作就此誕生，而陳鴻也配合寫下了《長恨歌傳》。

　　《長恨歌》篇首先寫楊貴妃的出身，如何入宮，又如何成為皇帝的寵兒，以後宮佳麗對比，沐浴、歌舞描寫並突出楊貴妃的美。又以皇帝不早朝、看不厭歌舞寫皇帝對楊貴妃的迷戀。

　　中段筆鋒一轉，漁陽郡傳來戰鼓聲，叛軍逼近京城，皇帝西奔逃亡，路上六軍嘩變，殺死權相楊國忠之後，逼迫唐明皇賜死楊貴妃。唐明皇傷心欲絕，情人陰陽相隔，情愛意恨就此開始，人死不能復生，此恨不會有消解的一天，故言長恨。自此唐明皇所見的每事每物都觸動他想起楊貴妃，使他的悔恨纏繞心中，揮之不去。

　　下半部轉而寫楊貴妃心中的恨。太真仙子與唐明皇生死兩茫，難再相見，仙山看不見長安，看不見愛人，只得託道士帶去半支釵半個鈿盒以表相思，希望相思之心不變。最後一句「天長地久有時盡，此恨綿綿無絕期！」點出兩人再無法相見的恨，卻又表達了兩人的愛永不斷絕的堅貞，雖為悲歌，但也無掩兩人愛情的偉大。

　　白居易在前半篇似有意諷刺唐明皇為美人不務正業，到了中段，唐明皇由荒淫無道的皇帝變成了失去摯愛的可憐人，到處尋覓愛人的蹤影，日月山水樹木無不觸動唐明皇的心，讀者對唐明皇的憐憫一點點的累積，從現實山水日月找到夢中，再由夢中找到仙境仙山，卻是依舊未能重逢，只能託人傳話，摯愛不能相見的恨層層相疊，使感情的發揮更為深厚，委婉的用字使效果更上一層樓，唐明皇的恨綿綿不盡的從文中散發出來。全文不帶一句議論，但其言外之意卻不點自懂，實在高明。

長恨歌

漢皇重色思傾國，御宇多年求不得。楊家有女初長成，養在深閨人未識。天生麗質難自棄，一朝選在君王側。

唐明皇日思夜想要得到一位傾國佳人，統治了天下多年仍未找到。

楊家有個女兒剛成長，養在深閨中還未有人認識。

天生麗質，終難掩藏，終於有一天，被選入宮中侍奉君主。

回頭一笑百媚生，六
宮粉黛無顏色。
春寒賜浴華清池，溫
泉水滑洗凝脂；侍兒
扶起嬌無力，始是新
承恩澤時。

她回眸一笑，千姿百態，嬌媚橫
生，六宮妃嬪一個個都黯然失色。

春寒料峭，唐明皇賜她到
華清池沐浴。溫泉水潤，
浸洗如脂似玉的肌膚，侍
女扶起嬌慵無力的她，開
始得蒙皇上恩澤。

雲鬢花顏金步搖，芙蓉帳暖度春宵；春宵苦短日高起，從此君王不早朝。承歡侍宴無閒暇，春從春遊夜專夜。後宮佳麗三千人，三千寵愛在一身。

雲鬢花顏，髻上插一支金步搖，芙蓉帳裏，春宵暖暖……只恨春宵太短，日已高掛，君主從此不再上朝了！

貴妃侍君飲宴，終日無有閒時，春天陪伴遊園賞花，晚上回去侍寢，後宮佳麗三千人，但皇上只寵她一個。

金屋妝成嬌侍夜，玉樓宴罷醉和春。姊妹弟兄皆列土，可憐光彩生門戶，遂令天下父母心，不重生男重生女。

金屋裏，紅粉妝成的貴妃夜夜陪伴，玉樓宴罷，醉意使春心蕩漾。

姊妹弟兄，皆列土分封，多令人羨慕啊，楊家的門戶生出光彩！

於是使天下的父母，心願變成了重女輕男！

恭喜！
是女的!!

長恨歌

驪宮高處入青雲，仙樂風飄處處聞，緩歌慢舞凝絲竹，盡日君王看不足。漁陽鞞鼓動地來，驚破霓裳羽衣曲。

驪山上的華清宮高聳入雲，仙樂般的演奏處處可聞。

緩緩歌聲慢慢的舞，彷彿凝結在絲竹管弦之上，君王整天都看不厭。

忽然戰鼓聲響從漁陽郡傳來，把演奏中的「霓裳羽衣曲」驚破了！

110

九重城闕煙塵生，千乘萬騎西南行。翠華搖搖行復止，西出都門百餘里，六軍不發無奈何，宛轉蛾眉馬前死！

京城的九重城闕烽煙處處，千軍萬馬擁着君王撤往西南，翠華龍旗走走停停，離開京城百餘里地。軍隊嘩變不肯再走……

楊氏一家亂政，才會有此大禍！

我們不幹了！

沒奈何，貴妃只好被賜死在馬嵬坡前。

處死楊氏一家！！

花鈿委地無人收，翠
翹金雀玉搔頭。君王
掩面救不得，回看血
淚相和流。
黃埃散漫風蕭索，雲
棧縈紆登劍閣。峨嵋
山下少人行，旌旗無
光日色薄。

貴妃首飾散落地上，君
王無奈救不了她，回頭
一看不禁哀痛萬分，血
淚交融而流下。

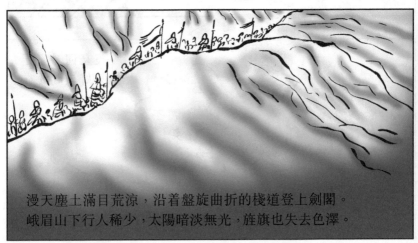

漫天塵土滿目荒涼，沿着盤旋曲折的棧道登上劍閣。
峨眉山下行人稀少，太陽暗淡無光，旌旗也失去色澤。

蜀江水碧蜀山青，聖
主朝朝暮暮情。行宮
見月傷心色，夜雨聞
鈴腸斷聲。

蜀國風光水碧山青，皇上只是朝
朝暮暮想念着楊貴妃。

在行宮見到月色，觸景生情傷
心不已；夜雨中聽得風鈴叮
噹，黯然腸斷……

長恨歌

天旋日轉迴龍馭，到此躊躇不能去！馬嵬坡下泥土中，不見玉顏空死處！君臣相顧盡沾衣，東望都門信馬歸。

天旋地轉，終於平亂收復京城，可以起駕回宮了。途徑舊地，躊躇不忍離去。

馬嵬坡下黃土之中，再也見不到美人顏容，只空見她身死之處。

君臣相顧，不由得淚濕沾衣。東望都門，由得馬兒信步歸去。

歸來池苑皆依舊，太
液芙蓉未央柳。芙蓉
如面柳如眉，對此如
何不淚垂？春風桃李
花開夜，秋雨梧桐葉
落時，西宮南苑多秋
草，落葉滿堦紅不
掃。梨園弟子白髮
新，椒房阿監青娥
老！

回到京城，亭台池苑還
是舊時模樣，太液池
的芙蓉，未央
宮的柳樹，
芙蓉如面柳
如眉，睹
物思人如
何能不傷
心落淚？

春風夜裏
悄悄吹開桃李
花，秋雨蕭蕭打落
了梧桐葉。西宮和
南苑的秋草長了，
紅葉落在階前無
人打掃。

梨園藝人的頭髮開
始花白，太監、宮
女也老去了。

長恨歌

夕殿螢飛思悄然，孤燈挑盡未成眠。遲遲鐘鼓初長夜，耿耿星河欲曙天。鴛鴦瓦冷霜華重，翡翠衾寒誰與共？悠悠生死別經年，魂魄不曾來入夢。臨邛道士鴻都客，能以精誠致魂魄，為感君王展轉思，遂教方士殷勤覓。

流螢飛舞勾起君王悲涼思緒，燈火將盡仍未成眠。更漏鐘鼓遲遲未敲，夜彷彿特別長，不過星河明明，天將現曙光了。

鴛鴦瓦頂蓋着一層霜花，繡上翡翠鳥的被子誰來共用？生離死別悠悠已一年，魂魄卻不曾入夢中。

四川有個道士來到長安，據說可以使用虔誠的道術招魂，為了安慰皇上的輾轉思念，於是使道士仔細去找尋。

116

排空馭氣奔如電，升天入地求之遍，上窮碧落下黃泉，兩處茫茫皆不見。忽聞海上有仙山，山在虛無縹緲間。

排雲馭氣，飛奔如閃電，升天入地找了一遍。

上至碧落仙境下至黃泉地府，兩處地方均茫茫然找不到。

忽然聽說東海有座仙山，仙山位置在虛無縹緲之間。

樓閣玲瓏五雲起，其
中綽約多仙子。中有
一人字太真，雪膚花
貌參差是。
金闕西廂叩玉扃，轉
教小玉報雙成。

仙山有樓閣玲瓏，四周五色祥雲環繞；其中有很多
風姿綽約的仙女。有一仙子名為太真，肌膚如雪花
容月貌，彷彿就是要找的人。

經過宮門外門樓，來
到西廂，叩開白玉大
門。請侍女小玉、雙
成通報一聲。

聞道漢家天子使，九華帳裏夢魂驚。攬衣推枕起徘徊，珠箔銀屏迤邐開。雲鬢半偏新睡覺，花冠不整下堂來。風吹仙袂飄飄舉，猶似霓裳羽衣舞。

聽得是皇上使者到來，九華帳裏從夢中驚醒。

攬衣推枕，起牀繞室徘徊，珠簾和銀屏層層敞開。雲鬢睡得半偏，花冠也不整匆匆跑下堂來。風吹仙袂，步履飄飄，彷彿當年在宮中跳的霓裳羽衣舞。

玉容寂寞淚闌干，梨花一枝春帶雨。含情凝睇謝君王：一別音容兩渺茫！昭陽殿裏恩愛絕，蓬萊宮中日月長。回頭下望人寰處，不見長安見塵霧。唯將舊物表深情，鈿合金釵寄將去。釵留一股合一扇，釵擘黃金合分鈿；

花容寂寞淚水縱橫，像一枝春天帶雨的梨花。含情凝視天子使者，託他傳話君王。一別之後，音容俱不見，昭陽殿裏的恩愛已斷絕，如今蓬萊宮中，仙境歲月悠悠。

回頭下望人間，總看不見長安，只見得滾滾紅塵。唯有將當年的舊物事來表達深情，把鈿盒和金釵託道士帶回去。金釵留下一半，給皇上一半；鈿盒自己留下一邊，給皇上留下一邊。

但令心似金鈿堅，天
上人間會相見！臨別
殷勤重寄詞，詞中有
誓兩心知。
七月七日長生殿，夜
半無人私語時：在天
願作比翼鳥，在地願
為連理枝。
天長地久有時盡，此
恨綿綿無絕期！

只要兩心像金釵鈿盒般堅定，天上人間總有相見的一天。臨別再三要求道士傳話，話中的誓言只有我倆知道，當年七月七日在長生殿，夜深人靜所說的悄悄話……

若在天上，願化作比翼鳥；若在地下，則願為連理枝。

天長地久，總有盡頭的一天，卻是此恨綿綿無盡，永無絕期。

註　釋

「六宮粉黛」

　　「六宮」：即後宮，后妃所住的地方。

　　「粉黛」：婦女的化妝品，此處代表六宮中的后妃們。

「漁陽鼙鼓」

　　「漁陽」：指古時漁陽郡，當時為節度使安祿山的管轄區。

　　「鼙鼓」：指軍中的小鼓，此處代表軍隊行軍時的戰鼓聲，安祿山在范陽起兵，此處指安史之亂。

「翠華」

　　「翠華」：用翠鳥的羽毛裝飾的旗幟，供天子的儀仗隊用。

「雲棧縈紆」

　　「雲棧」：高聳如雲的棧道。

　　「縈紆」：盤旋曲折。

「鈿合金釵」

　　「鈿合」：以黃金裝飾的盒子。

「比翼鳥」

　　「比翼鳥」：傳說中的鳥，據說每隻只有一隻眼睛和一邊翅膀，只有雌雄並列在一起才能飛。

「連理枝」

　　「連理枝」：兩顆樹不同根，但樹幹結合在一起的樹，多指情侶相愛，永不分離的意思。

18
陋室銘

劉禹錫

劉禹錫，中唐著名詩人，字夢得，唐朝彭城（今江蘇徐州）人。因參與王叔文的政治改革，被貶連州刺史，先後調任播州、和州各地。喜與朋友同遊賦詩。「陋室」據說就是他在和州任刺史期間的房子。在現今安徽和縣仍保留着陋室，並置有石碑一方，上有篆書「陋室銘」三字。「銘」是古代刻在器物或碑石上用以歌功頌德或警戒自己的文字，後成為獨立文體，其特點為短小精悍、文字簡潔、句式整齊，大多通篇押韻。

文首先以山、水作題帶出描寫對象「陋室」。道出山不因高而有名，乃由於曾有仙人過訪停留而揚名；水的靈氣不在水深，只緣曾有龍潛藏。作者暗指其陋室不受外觀之限，而具有名、靈之實，主因是在於自己擁有修養、內涵。

由「苔痕上階綠」至「無案牘之勞形」為第二部分，以描述陋室為主。講述台階上的青苔及映入窗簾的翠綠草色及往來陋室者皆是有學識的學者，又提及到於陋室中彈奏古琴、閱讀佛經之事，突顯作者周遭環境及往來友人皆清雅之致，富有內涵。

文末作者點出兩位君子自比。諸葛亮、揚雄與作者一樣居於簡陋的陋室當中，但憑他們是君子，簡陋的陋室無礙兩人的聲名遠播。作者還特別引孔子之言作結，「何陋之有？」出自《論語‧子罕》的「君子居之，何陋之有？」，作者不必明言「君子居之」四字，實在已經隱喻其中。

山不在高，
有仙則名。
水不在深，
有龍則靈。
斯是陋室，
惟吾德馨。

山不在高，有了仙人就成名山。

水不在深，有了龍就有靈氣。

雖然這是陋室，但有我這有德行的人在而不同！

苔痕上階綠，
草色入簾青。
談笑有鴻儒，
往來無白丁。

苔蘚為階前鋪上綠色，草色將簾內映得碧青。

在這裏，談笑的都是飽學之士；來往的沒有粗鄙之人。

可以調素琴，
閱金經。
無絲竹之亂耳，
無案牘之勞形。

可以彈彈古琴，翻翻佛經……

沒有濁氣的樂聲入耳，沒有公文勞累身心。

南陽諸葛廬，西蜀子雲亭。孔子云：「何陋之有？」

南陽有諸葛亮的草廬，西蜀有揚子雲的亭子。

孔子云：何陋之有？！

「德馨」

意指品德高尚，故聲名如花香般傳播四方，出自《尚書・君陳》「至治馨香，感於神明。黍稷非馨，明德惟馨」之句，原意是只有完美之德行才能流芳後世。

「鴻儒」

「鴻」是一種體積碩大的鳥，故有「大」的意思；「儒」本指儒家學者，后來泛指知識分子。「鴻儒」，指博學的人。

「案牘」

「案」即書桌或辦公桌；「牘」則指古代用於寫字的木片，即木簡。「案牘」合稱，指官府文書之意。

「西蜀子雲亭」

指西漢文學家揚雄（字子雲）在西蜀，寫作《太玄經》的亭子，後人稱為「玄亭」，遺址在今成都少城西南。原亭為茅廬，因其簡陋早已蕩然無存。後人為紀念揚雄，為之建造七層仿古亭，並置其塑像於亭前以示紀念。

19
阿房宮賦

杜 牧

　　杜牧，字牧之，晚唐的著名詩人和古文家，其文章多切及時事，也深受韓愈的影響，主張文章必以思想內容為重，優美辭藻為輔。《阿房宮賦》創作於唐敬宗寶曆元年，當時敬宗上位後即大興土木，建宮殿無數，沉湎聲色。全賦旨在以秦與六國滅亡的歷史，勸諫敬宗以史為鑒，以免重蹈覆轍，招致滅國之禍。

　　此賦開首先描寫阿房宮的壯麗與規模，又寫宮中宮女妃嬪無數之盛大，讚歎當時秦國之強盛。筆鋒一轉，指諸多妃嬪於宮中虛度光陰，而且秦國從民間搜刮財富，錙銖必較，花費卻猶如流水泥沙，批評秦國的揮霍。然後進一步揭示秦國的窮奢極侈，由盛轉衰自取滅亡的悲哀，表達作者的哀歎。

　　結尾分析了秦國衰亡的原因在於不愛民、揮霍無道，藉此警告在為者以此為鑒。此賦除了警告在位者外，亦帶出了作者的愛民思想，如廣開言路、避免獨裁、民富方能國富的思想，以不愛民則亡國，愛民則長治久安的道理勸勉在位者。

　　除了立意深遠的內容，作者於文中所用的眾多修辭技巧亦是此賦的亮點。

　　先是章法上，王水照於《唐宋散文精選》中提及：「全文格局仍如漢賦：先描述後議論。」作者先是描寫阿房宮的富麗堂皇、眾多的宮女妃嬪，展現了秦朝風光富強的一面。後段由褒轉貶，掀開華麗畫卷背後的百姓辛酸。轉念又從描述到抒發建造不易的阿房宮毀於一旦的哀歎，並與前段的瑰麗形成鮮明對比。

　　再來是文字運用精煉，開首十二字將興建阿房宮的歷史因由道

出，當中包含對比與起伏，以「欲貶先褒、欲仰先揚」的手法，為後面秦國的滅亡而鋪路。

文字除簡潔精煉以外，更是新奇多變，其中一句「長橋臥波，未雲何龍」，將風起雲湧的情景比喻成龍馳天際，更奇的是此龍又非真龍，而是一道橋，短短一句，把橋的形態形容的唯妙唯肖，好不新奇。而其句式變化更是為此賦多添幾分色彩，雖以四字句駢文為主，亦輔以五、六、七、八、十言句，使全詩節奏更為生動，令人印象難忘。

對比也是在本賦多用的技巧，以其凸顯秦國的揮霍與奢侈，如文初被砍伐的蜀山與華麗阿房宮，文末搜刮財富錙銖必較卻用之如泥沙，將秦國揮霍無道的醜態形象地表現出來。

杜牧亦大量使用誇張手法描寫阿房宮，以表達出秦國窮奢極侈的程度，如「渭流漲膩，棄脂水也；煙斜霧橫，焚椒蘭也」，將宮女妃嬪的揮霍形容的極為誇張，殘脂剩粉竟多得使渭水鋪了一層油脂，雖說得頗為誇張，但文學作品勿作史料論。

阿房宮賦

六王畢，四海一；蜀山兀，阿房出。覆壓三百餘里，隔離天日。驪山北構而西折，直走咸陽。

六國滅亡，秦始皇統一了天下，蜀山樹木被伐光，阿房宮蓋起來了！

阿房宮佔地三百餘里，遮天蔽日。從驪山北面開始構建，曲折向西，一直到咸陽為止。

阿房宮賦

二川溶溶，流入宮牆。五步一樓，十步一閣；廊腰縵迴，簷牙高啄；各抱地勢，鉤心鬥角。盤盤焉，囷囷焉，蜂房水渦，矗不知其幾千萬落。長橋臥波，未雲何龍？複道行空，不霽何虹？

兩條江水，汩汩流入宮牆下。五步一樓，十步一閣，迴廊曲曲折折，簷際上翹猶如鳥啄嘴。宮殿依地勢而建，向中心聚攏，樓房的簷角仿如互相對峙。盤旋曲折，像蜂巢，向水渦，矗立不知幾千萬座。

長橋臥在碧波之上，天上沒雲，哪來的巨龍啊！

複道＊架在半空，又不是雨後初晴，怎麼會出現彩虹呢？
（＊複道：樓閣之間的空中走廊。）

高低冥迷，不知西東。歌台暖響，春光融融；舞殿冷袖，風雨淒淒。一日之內，一宮之間，而氣候不齊。

樓閣高高低低，身處宮中不辨西東⋯⋯

歌台舞榭響起樂聲，暖洋洋有好春光融融。

舞袖飄飄，卻彷彿帶來寒氣，雨淒淒。一日之內，一宮之中，而氣候卻如此不同。

妃嬪媵嬙，王子皇孫，辭樓下殿，輦來于秦，朝歌夜絃，為秦宮人。明星熒熒，開妝鏡也；綠雲擾擾，梳曉鬟也；渭流漲膩，棄脂水也；煙斜霧橫，焚椒蘭也。

六國的妃嬪宮女及皇族女兒，辭別故國宮殿乘着車子來到秦國。

朝歌夜絃，成為秦皇後宮的人。明星閃亮，原來是打開了梳妝的鏡子；烏雲繚繞，原來是她們在梳理髮鬟。

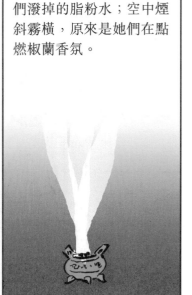

渭水上的油膩，原來是她們潑掉的脂粉水；空中煙斜霧橫，原來是她們在點燃椒蘭香氛。

雷霆乍驚，宮車過也；轆轆遠聽，杳不知其所之也。一肌一容，盡態極妍；縵立遠視，而望幸焉。有不見者，三十六年。

如雷霆聲響使人驟然一驚，原來是秦皇的宮車走過。轆轆車聲漸遠，不知到哪裏去。

她們的每一寸肌膚每一個容貌都精心打扮，體態極盡嬌美，耐心地站立盼望，等候皇帝駕臨。

可是有些宮女，於秦始皇在位的三十六年，始終未見過皇上一面。

燕趙之收藏，韓魏之經營，齊楚之精英，幾世幾年，掠其人，倚疊如山；一旦不能有，輸來其間，鼎鐺玉石，金塊珠礫，棄擲邐迤；秦人視之，亦不甚惜。

燕、趙、韓、魏、齊、楚所收藏的珍寶、精品，都是經過幾世代的掠奪而來，堆得像座山一樣。

一旦滅亡，就再也不能佔有，都運到阿房宮來。

把寶鼎當作鐵鍋，良玉當作石頭，金子當作土塊，珍珠當作砂石，隨便丟棄，到處都是，秦人見了也不甚可惜。

阿房宮賦

嗟乎！一人之心，千萬人之心也。秦愛紛奢，人亦念其家；奈何取之盡錙銖，用之如泥沙？使負棟之柱，多於南畝之農夫；架梁之椽，多於機上之工女；釘頭磷磷，多於在庾之粟粒；瓦縫參差，多於周身之帛縷；直欄橫檻，多於九土之城郭；管絃嘔啞，多於市人之言語。

唉！一人之心，和千萬人的心沒有分別！秦皇喜豪華奢侈，而百姓也會顧念自己的家。為甚麼搜刮時錙銖必較絕不放過，用起來卻如泥沙毫不愛惜？

宮中的柱子，多於田裏的農夫；樑上的椽，多於織布機上的女工；一顆顆的釘頭，多於糧倉裏的穀米；長長短短的瓦縫，多於百姓衣服上的縫線；橫橫直直的欄杆，多於天下的城廓；管弦的樂聲，多於鬧市的人聲。

使天下之人，不敢言
而敢怒；獨夫之心，
日益驕固。戍卒叫，
函谷舉；楚人一炬，
可憐焦土。

使天下人敢怒不敢言，而獨裁者日甚一日驕
奢頑固。

戍守邊地的士卒怒吼，造反佔領函谷關；楚
人項羽放一把火，可憐阿房宮變了焦土。

嗚呼！滅六國者，六
國也，非秦也。族秦
者，秦也，非天下
也。嗟乎！使六國各
愛其人，則足以拒秦。

唉，使六國滅亡的，是
六國自己，而非秦國。

唉，如果六國統治者都能愛
護自己的人民，則有足夠的
力量抗秦。

使秦國滅亡的是秦
國自己，而非天下
百姓。

使秦復愛六國之人，則遞三世可至萬世而為君，誰得而族滅也？秦人不暇自哀，而後人哀之；後人哀之而不鑒之，亦使後人而復哀後人也。

如果秦國統治者同樣能愛護六國的人民，那麼就可以三世以至萬世，君主世代一直傳下去，誰能滅掉秦國呢？

嘿！不夠錢讓我花費，加稅吧！

秦人來不及為自己的滅亡哀歎，只好讓後人為他們哀歎；後人若只是哀歎而不引以為鑒，也只有讓更後世的人為後人哀歎了！

「各抱地勢，鉤心鬬角」

「各抱地勢」：指各個宮殿依地勢高低而建造，又彼此懷抱。

「鉤心鬬角」：鉤心指宮殿走廊互相勾連，同拱向一個中心；鬬同鬥，指建築物的簷角相對。後來此詞變為比喻用盡心機，明爭暗鬥。

「奈何取之盡錙銖」

「奈何取之盡錙銖」：錙銖是古代的重量單位，當中錙為一兩的四分一，銖為一錙的六分一，比喻極微細的物品。全句意思是搜括錢財時如錙銖微小的東西都不放過。

「戍卒叫，函谷舉」

「戍卒叫」：戍卒指戍守邊境的士兵。此處指當時被派往戍守漁陽的陳勝吳廣二人，他們後來揭竿起義，抵抗秦朝，掀起了中國史上第一波的平民起義。

「函谷舉」：函谷指函谷關，漢高祖劉邦正是由函谷關攻入咸陽，使秦王子嬰投降，推翻秦朝。

「族秦者，秦也」

「族秦者，秦也」：族指滅族，全句解滅秦國的，是秦國自己。

20
夜 雨 寄 北

李商隱

　　你殷切探問我的歸期，然而我現在正滯留在巴山……這兒秋雨連綿，交通又被中斷，實在無法確定何時才能回家呢！心裏時刻盼望能儘快回來，想起往日與你共坐西窗下，剪去燒焦的燭芯，在燭光陪伴下，我們愉快暢談一個又一個晚上……

　　這首詩是李商隱膾炙人口的抒情短章，據説是詩人寫給遠在北方的妻子，也有人認為是他在寂寞旅途中，寄給長安友人，藉此抒發思念故人之情。

　　全詩情景交融，虛實相生，讀來但覺無限親切，充分感受到遊子身處他鄉，本想早日回家，卻因種種原因，願望一時未能實現的失落外邊秋雨纏綿，池塘又漲滿了水。唉！君問歸期，真的又不知從何説起……「何當共剪西窗燭」，如此優美的詩句，也令讀者們想起自己少年時，曾在多少個無眠晚上，與知心好友共話未來，如何把夢想化為能夠實踐的理想……

夜雨寄北

問我何日歸家，仍未有確實日期。

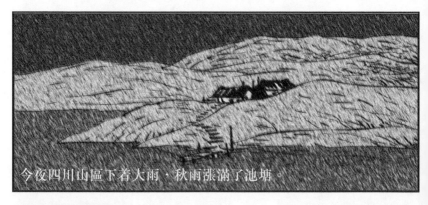

今夜四川山區下着大雨，秋雨漲滿了池塘。

何時與你聚首剪燭夜談，回過頭來一起說說這夜的巴山秋雨。

「巴山」

「巴山」：指大巴山，位於陝西南部與四川東北交接，此處以巴山作地標，泛指巴山一帶。

「共剪西窗燭」

「剪燭」：此處指徹夜傾談。蠟燭長時間燃燒後，燈芯外露的部分會變的很長，使燈火變得黯淡，影響亮度，故要剪去過長的部分，使火光重新變得明亮。需要長時間燃點蠟燭，代表是很長的晚上。

附：二十篇古文經典

送杜少府之任蜀州　　　　　　　王勃

城闕輔三秦，風煙望五津。
與君離別意，同是宦遊人。
海內存知己，天涯若比鄰。
無為在歧路，兒女共沾巾。

滕王閣序　　　　　　　王勃

　　南昌故郡，洪都新府，星分翼軫，地接衡廬，襟三江而帶五湖，控蠻荊而引甌越。物華天寶，龍光射牛斗之墟；人傑地靈，徐孺下陳蕃之榻。雄州霧列，俊彩星馳，台隍枕夷夏之交，賓主盡東南之美。都督閻公之雅望，棨戟遙臨；宇文新州之懿範，襜帷暫駐。十旬休暇，勝友如雲；千里逢迎，高朋滿座。騰蛟起鳳，孟學士之詞宗；紫電青霜，王將軍之武庫。家君作宰，路出名區；童子何知，躬逢勝餞。

　　時維九月，序屬三秋。潦水盡而寒潭清，煙光凝而暮山紫。儼驂騑於上路，訪風景於崇阿；臨帝子之長洲，得仙人之舊館。層台聳翠，上出重霄；飛閣流丹，下臨無地。鶴汀鳧渚，窮島嶼之縈迴；桂殿蘭宮，即岡巒之體勢。披繡闥，俯雕甍，山原曠其盈視，川澤紆其駭矚。閭閻撲地，鐘鳴鼎食之家；舸艦彌津，青雀黃龍之軸。虹銷雨霽，彩徹雲衢。落霞與孤鶩齊飛，秋水共長天一色。漁舟唱晚，響窮彭蠡之濱；雁陣驚寒，聲斷衡陽之浦。

遙吟俯暢，逸興遄飛。爽籟發而清風生，纖歌凝而白雲遏。睢園綠竹，氣凌彭澤之樽；鄴水朱華，光照臨川之筆。四美具，二難并。窮睇眄於中天，極娛遊於暇日。天高地迴，覺宇宙之無窮；興盡悲來，識盈虛之有數。望長安於日下，指吳會於雲間。地勢極而南溟深，天柱高而北辰遠。關山難越，誰悲失路之人？萍水相逢，盡是他鄉之客。懷帝閽而不見，奉宣室以何年？

嗟乎！時運不齊，命途多舛；馮唐易老，李廣難封。屈賈誼於長沙，非無聖主；竄梁鴻於海曲，豈乏明時？所賴君子安貧，達人知命。老當益壯，寧移白首之心？窮且益堅，不墜青雲之志。酌貪泉而覺爽，處涸轍以猶歡。北海雖賒，扶搖可接；東隅已逝，桑榆非晚。孟嘗高潔，空餘報國之心；阮籍猖狂，豈效窮途之哭？

勃三尺微命，一介書生，無路請纓，等終軍之弱冠；有懷投筆，慕宗愨之長風。捨簪笏於百齡，奉晨昏於萬里。非謝家之寶樹，接孟氏之芳鄰。他日趨庭，叨陪鯉對。今茲捧袂，喜託龍門。楊意不逢，撫凌雲而自惜；鍾期既遇，奏流水以何慚！嗚呼！勝地不常，盛筵難再；蘭亭已矣，梓澤丘墟。臨別贈言，幸承恩於偉餞；登高作賦，是所望於羣公。敢竭鄙誠，恭疏短引，一言均賦，四韻俱成。請灑潘江，各傾陸海云爾。

登幽州台歌　　　　　　　　陳子昂

前不見古人，後不見來者。
念天地之悠悠，獨愴然而涕下。

望月懷遠　　　　　　　　張九齡

海上生明月，天涯共此時。
情人怨遙夜，竟夕起相思。
滅燭憐光滿，披衣覺露滋。
不堪盈手贈，還寢夢佳期。

古從軍行　　　　　　　　李頎

白日登山望烽火，黃昏飲馬傍交河。
行人刁斗風沙暗，公主琵琶幽怨多。
野營萬里無城郭，雨雪紛紛連大漠。
胡雁哀鳴夜夜飛，胡兒眼淚雙雙落。
聞道玉門猶被遮，應將性命逐輕車。
年年戰骨埋荒外，空見蒲桃入漢家。

春江花月夜　　　　　　張若虛

春江潮水連海平，海上明月共潮生。

灩灩隨波千萬里，何處春江無月明！

江流宛轉遶芳甸，月照花林皆似霰。

空裏流霜不覺飛，汀上白沙看不見。

江天一色無纖塵，皎皎空中孤月輪。

江畔何人初見月？江月何年初照人？

人生代代無窮已，江月年年祇相似。

不知江月待何人，但見長江送流水。

白雲一片去悠悠，青楓浦上不勝愁。

誰家今夜扁舟子？何處相思明月樓？

可憐樓上月徘徊，應照離人妝鏡台。

玉戶簾中卷不去，擣衣砧上拂還來。

此時相望不相聞，願逐月華流照君。

鴻雁長飛光不度，魚龍潛躍水成文。

昨夜閑潭夢落花，可憐春半不還家。

江水流春去欲盡，江潭落月復西斜。

斜月沉沉藏海霧。碣石瀟湘無限路。

不知乘月幾人歸，落月搖情滿江樹。

芙蓉樓送辛漸　　　　　　　　王昌齡

寒雨連江夜入吳，
平明送客楚山孤。
洛陽親友如相問，
一片冰心在玉壺。

山居秋暝　　　　　　　　　　王維

空山新雨後，天氣晚來秋。
明月松間照，清泉石上流。
竹喧歸浣女，蓮動下漁舟。
隨意春芳歇，王孫自可留。

月下獨酌　　　　　　　　　　李白

花間一壺酒，獨酌無相親。
舉杯邀明月，對影成三人。
月既不解飲，影徒隨我身。
暫伴月將影，行樂須及春。
我歌月徘徊，我舞影零亂。
醒時同交歡，醉後各分散。
永結無情遊，相期邈雲漢。

將進酒　　　　　　　　　李白

君不見黃河之水天上來，奔流到海不復回！
君不見高堂明鏡悲白，朝如青絲暮成雪。
人生得意須盡歡，莫使金樽空對月！
天生我材必有用，千金散盡還復來。
烹羊宰牛且為樂，會須一飲三百杯。
岑夫子，丹邱生，將進酒，君莫停！
與君歌一曲，請君為我傾耳聽！
鐘鼓饌玉不足貴，但願長醉不用醒！
古來聖賢皆寂寞，唯有飲者留其名。
陳王昔時宴平樂，斗酒十千恣歡謔。
主人何言少錢，徑須沽取對君酌！
五花馬，千金裘，呼兒將出換美酒，與爾同銷萬古愁！

茅屋為秋風所破歌　　　　　　　　　　杜甫

八月秋高風怒號，卷我屋上三重茅。

茅飛渡江灑江郊，高者掛罥長林梢，下者飄轉沉塘坳。

南邨羣童欺我老無力，忍能對面為盜賊。

公然抱茅入竹去，脣焦口燥呼不得，歸來倚杖自歎息。

俄頃風定雲墨色，秋天漠漠向昏黑。

布衾多年冷似鐵，嬌兒惡臥踏裏裂。

牀頭屋漏無乾處，雨腳如麻未斷絕。

自經喪亂少睡眠，長夜沾濕何由徹！

安得廣廈千萬間，大庇天下寒士俱歡顏，風雨不動安如山！

嗚呼！何時眼前突兀見此屋，吾廬獨破受凍死亦足！

登樓　　　　　　　　　　杜甫

花近高樓傷客心，萬方多難此登臨。

錦江春色來天地，玉壘浮雲變古今。

北極朝廷終不改，西山寇盜莫相侵。

可憐後主還祠廟，日暮聊為梁甫吟。

師說　　　　　　　韓愈

　　古之學者必有師。師者，所以傳道、受業、解惑也。人非生而知之者，孰能無惑？惑而不從師，其為惑也，終不解矣。生乎吾前，其聞道也，固先乎吾，吾從而師之；生乎吾後，其聞道也，亦先乎吾，吾從而師之。吾師道也，夫庸知其年之先後生於吾乎？是故無貴無賤，無長無少，道之所存，師之所存也。

　　嗟乎！師道之不傳也久矣！欲人之無惑也難矣！古之聖人，其出人也遠矣，猶且從師而問焉；今之眾人，其下聖人也亦遠矣，而恥學於師；是故聖益聖，愚益愚，聖人之所以為聖，愚人之所以為愚，其皆出於此乎！愛其子，擇師而教之，於其身也則恥師焉，惑矣！彼童子之師，授之書而習其句讀者，非吾所謂傳其道、解其惑者也。句讀之不知，惑之不解，或師焉，或不焉，小學而大遺，吾未見其明也。巫、醫、樂師、百工之人，不恥相師；士大夫之族，曰師、曰弟子云者，則羣聚而笑之。問之，則曰：「彼與彼年相若也，道相似也。」位卑則足羞，官盛則近諛。嗚呼！師道之不復，可知矣。巫、醫、樂師、百工之人，君子不齒，今其智乃反不能及，其可怪也歟！

　　聖人無常師，孔子師郯子、萇弘、師襄、老聃。郯子之徒，其賢不及孔子。孔子曰：「三人行，則必有我師。」是故弟子不必不如師，師不必賢於弟子；聞道有先後，術業有專攻，如是而已。

　　李氏子蟠，年十七，好古文，六藝經傳，皆通習之；不拘於時，學於余。余嘉其能行古道，作《師說》以貽之。

馬說　　　　　　　　　　　　　　　　韓愈

世有伯樂，然後有千里馬。千里馬常有，而伯樂不常有。故雖有名馬，祇辱於奴隸人之手，駢死於槽櫪之間，不以千里稱也。

馬之千里者，一食或盡粟一石。食馬者不知其能千里而食也。是馬也，雖有千里之能，食不飽，力不足，才美不外見，且欲與常馬等不可得，安求其能千里也？

策之不以其道，食之不能盡其材，鳴之而不能通其意，執策而臨之曰：「天下無馬！」嗚呼！其真無馬邪？其真不知馬也！

始得西山宴遊記　　　　　　　　　　　柳宗元

自余為僇人，居是州，恆惴慄。其隙也，則施施而行，漫漫而遊。日與其徒上高山，入深林，窮迴谿。幽泉怪石，無遠不到。到則披草而坐，傾壺而醉；醉則更相枕以臥，臥而夢。意有所極，夢亦同趣。覺而起，起而歸。以為凡是州之山有異態者，皆我有也，而未始知西山之怪特。

今年九月二十八日，因坐法華西亭，望西山，始指異之。遂命僕人過湘江，緣染溪，斫榛莽。焚茅茷，窮山之高而止。攀援而登，箕踞而

遨，則凡數州之土壤，皆在衽席之下。其高下之勢，岈然洼然，若垤若穴，尺寸千里，攢蹙累積，莫得遁隱。縈青繚白，外與天際，四望如一。然後知是山之特出，不與培塿為類。悠悠乎與顥氣俱，而莫得其涯；洋洋乎與造物者遊，而不知其所窮。引觴滿酌，頹然就醉，不知日之入，蒼然暮色，自遠而至，至無所見，而猶不欲歸。心凝形釋，與萬化冥合。然後知吾嚮之未始遊，遊於是乎始，故為之文以志。是歲，元和四年也。

賣炭翁　　　　　　　　白居易

賣炭翁，伐薪燒炭南山中。
滿面塵灰煙火色，兩鬢蒼蒼十指黑。
賣炭得錢何所營？身上衣裳口中食。
可憐身上衣正單，心憂炭賤願天寒！
夜來城外一尺雪，曉駕炭車輾冰轍。
牛困人飢日已高，市南門外泥中歇。
翩翩兩騎來是誰？黃衣使者白衫兒。
手把文書口稱敕，迴車叱牛牽向北。
一車炭重千餘斤，宮使驅將惜不得！
半疋紅紗一丈綾，繫向牛頭充炭直！

長恨歌　　　　　　　　　　白居易

　　漢皇重色思傾國，御宇多年求不得。楊家有女初長成，養在深閨人未識。天生麗質難自棄，一朝選在君王側。回頭一笑百媚生，六宮粉黛無顏色。

　　春寒賜浴華清池，溫泉水滑洗凝脂；侍兒扶起嬌無力，始是新承恩澤時。雲鬢花顏金步搖，芙蓉帳暖度春宵；春宵苦短日高起，從此君王不早朝。承歡侍宴無閒暇，春從春遊夜專夜。後宮佳麗三千人，三千寵愛在一身。金屋妝成嬌侍夜，玉樓宴罷醉和春。姊妹弟兄皆列土，可憐光彩生門戶，遂令天下父母心，不重生男重生女。

　　驪宮高處入青雲，仙樂風飄處處聞，緩歌慢舞凝絲竹，盡日君王看不足。漁陽鞞鼓動地來，驚破霓裳羽衣曲。

　　九重城闕煙塵生，千乘萬騎西南行。翠華搖搖行復止，西出都門百餘里，六軍不發無奈何，宛轉蛾眉馬前死！花鈿委地無人收，翠翹金雀玉搔頭。君王掩面救不得，回看血淚相和流。

　　黃埃散漫風蕭索，雲棧縈紆登劍閣。峨嵋山下少人行，旌旗無光日色薄。蜀江水碧蜀山青，聖主朝朝暮暮情。行宮見月傷心色，夜雨聞鈴腸斷聲。天旋日轉迴龍馭，到此躊躇不能去！馬嵬坡下泥土中，不見玉顏空死處！君臣相顧盡沾衣，東望都門信馬歸。

　　歸來池苑皆依舊，太液芙蓉未央柳。芙蓉如面柳如眉，對此如何不淚垂？春風桃李花開夜，秋雨梧桐葉落時，西宮南苑多秋草，落葉滿階紅不掃。梨園弟子白髮新，椒房阿監青娥老！夕殿螢飛思悄然，孤燈挑盡未成眠。遲遲鐘鼓初長夜，耿耿星河欲曙天。鴛鴦瓦冷霜華重，翡翠衾寒誰與共？悠悠生死別經年，魂魄不曾來入夢。

　　臨邛道士鴻都客，能以精誠致魂魄，為感君王展轉思，遂教方士殷勤覓。排空馭氣奔如電，升天入地求之遍，上窮碧落下黃泉，兩處茫茫皆不見。忽聞海上有仙山，山在虛無縹緲間。樓閣玲瓏五雲起，其中綽約多仙子。中有一人字太真，雪膚花貌參差是。

　　金闕西廂叩玉扃，轉教小玉報雙成。聞道漢家天子使，九華帳裏夢魂驚。攬衣推枕起徘徊，珠箔銀屏迤邐開。雲鬢半偏新睡覺，花冠不整下堂來。風吹仙袂飄颻舉，猶似霓裳羽衣舞。玉容寂寞淚闌干，梨花一枝春帶雨。

　　含情凝睇謝君王：一別音容兩渺茫！昭陽殿裏恩愛絕，蓬萊宮中日月長。回頭下望人寰處，不見長安見塵霧。唯將舊物表深情，鈿合金釵寄將去，釵留一股合一扇，釵擘黃金合分鈿；但令心似金鈿堅，天上人間會相見！臨別殷勤重寄詞，詞中有誓兩心知。七月七日長生殿，夜半無人私語時：在天願作比翼鳥，在地願為連理枝。天長地久有時盡，此恨綿綿無絕期！

陋室銘　　　　　　　　　　　　　　劉禹錫

　　山不在高，有仙則名。水不在深，有龍則靈。斯是陋室，惟吾德馨。苔痕上階綠，草色入簾青。談笑有鴻儒，往來無白丁。可以調素琴，閱金經。無絲竹之亂耳，無案牘之勞形。南陽諸葛廬，西蜀子雲亭。孔子云：「何陋之有？」

阿房宮賦　　　　　　　　　　　　　　杜牧

　　六王畢，四海一；蜀山兀，阿房出。覆壓三百餘里，隔離天日。驪山北構而西折，直走咸陽。二川溶溶，流入宮牆。五步一樓，十步一閣；廊腰縵迴，簷牙高啄；各抱地勢，鉤心鬬角。盤盤焉，囷囷焉，蜂房水渦，矗不知其幾千萬落。長橋臥波，未雲何龍？複道行空，不霽何虹？高低冥迷，不知西東。歌台暖響，春光融融；舞殿冷袖，風雨淒淒。一日之內，一宮之間，而氣候不齊。

　　妃嬪媵嬙，王子皇孫，辭樓下殿，輦來于秦，朝歌夜絃，為秦宮人。明星熒熒，開妝鏡也；綠雲擾擾，梳曉鬟也；渭流漲膩，棄脂水也；煙斜霧橫，焚椒蘭也。雷霆乍驚，宮車過也；轆轆遠聽，杳不知其所之也。一肌一容，盡態極妍；縵立遠視，而望幸焉。有不見者，三十六年。

　　燕趙之收藏，韓魏之經營，齊楚之精英，幾世幾年，摽掠其人，倚疊如山；一旦不能有，輸來其間，鼎鐺玉石，金塊珠礫，棄擲邐迤；秦人視之，亦不甚惜。

　　嗟乎！一人之心，千萬人之心也。秦愛紛奢，人亦念其家；奈何取之盡錙銖，用之如泥沙？使負棟之柱，多於南畝之農夫；架梁之椽，多於機上之工女；釘頭磷磷，多於在庾之粟粒；瓦縫參差，多於周身之帛縷；直欄橫檻，多於九土之城郭；管絃嘔啞，多於市人之言語。使天下之人，不敢言而敢怒；獨夫之心，日益驕固。戍卒叫，函谷舉；楚人一炬，可憐焦土。

　　嗚呼！滅六國者，六國也，非秦也。族秦者，秦也，非天下也。嗟乎！使六國各愛其人，則足以拒秦。使秦復愛六國之人，則遞三世可至萬世而為君，誰得而族滅也？秦人不暇自哀，而後人哀之；後人哀之而不鑒之，亦使後人而復哀後人也。

夜雨寄北　　　　　　　　李商隱

> 君問歸期未有期，
> 巴山夜雨漲秋池。
> 何當共剪西窗燭，
> 卻話巴山夜雨時。